经典曹禺
诗韵潜江

潜江市文学艺术界联合会
编

长江出版传媒 | 长江文艺出版社

编前记

2020年，正值杰出的戏剧大师曹禺先生诞辰110周年，曹禺故里湖北潜江隆重举行了第四届中国（潜江）曹禺文化周。

为缅怀曹禺先生对文学艺术事业的杰出贡献，抒写“曹禺故里　水乡园林”——潜江新时期发展的新风新貌，同时进一步丰富潜江城市文化内涵，打造“潜江诗群”文化品牌，2020年9月4日至2020年10月10日，由中国作家协会《诗刊》社指导，湖北省作家协会、潜江市人民政府主办，中国诗歌网、长江文艺出版社长江诗歌出版中心、中共潜江市委宣传部、潜江市文学艺术界联合会承办的“曹禺杯全国诗歌大奖赛”，征集以曹禺或曹禺故里潜江有关的风土人情、人文景观、社会经济发展等为抒写对象的优秀诗歌。共收到来自海内外2100多名参赛者近7000首诗歌作品。

在由李少君、刘庆霖、江岚、车延高、张执浩、荣光启、沉河、黄金辉等国内著名专家学者组成的评审委员会严肃公开公正的评选下，曹禺杯全国诗歌大奖赛共产生一等奖2名、二等奖4名、三等奖10名及优秀奖40名，获奖者来自山东、广东、陕西、四川、辽宁等不同的省份。来自全国各地的诗人纷纷用诗歌致敬曹禺先生，祝愿美好潜江。

2020年11月8日，“曹禺杯全国诗歌大奖赛颁奖典礼”及采风创作活动在湖北潜江举行。中国诗歌学会党支部书记、原《中国作家》杂志社主编王山，中华诗词学会副会长兼秘书长、《中华诗词》杂志社副主编刘庆霖，中国诗歌网总编金石开，湖北省作家协会党组书记、副主席文坤斗，湖北省作家协会副主席、鲁迅文学奖得主、诗人张执浩，武汉大学文学院教授、诗评家荣光启，长江文艺出版社副社长、诗人沉河，湖北省中华诗词学会会长、国家一级编剧黄金辉等全国诗人、评论家以及获奖诗人走进潜江，感受了不一样的诗意之旅。

曹禺杯全国诗歌大奖赛组织委员会

顾　问：

李少君　中国作家协会《诗刊》社主编

王　山　中国诗歌学会党支部书记、原《中国作家》杂志社主编

李修文　湖北省作家协会主席

文坤斗　湖北省作家协会党组书记、副主席

吴祖云　中共潜江市委书记

龚定荣　中共潜江市委副书记、市长

主　任：

金茂清　中共潜江市委副书记

副主任：

金石开　中国诗歌网总编

沉　河　长江文艺出版社副社长

严义高　中共潜江市委常委、宣传部部长

从进军　潜江市人民政府副市长

成　员：

黄　瑞　中共潜江市委宣传部常务副部长

李　平　潜江市文联主席

李建锋　潜江市文联副主席

王　璇　潜江市文联秘书长

黄明山　潜江市作家协会主席

郭传龙　潜江市诗词楹联学会会长

曹禺杯全国诗歌大奖赛获奖名单

新诗组

一等奖

秋风中怀曹禺先生（组诗）　　作者：马　累（山东）

二等奖

倾听（组诗）　　作者：万世长（陕西）

潜江，就像人类的此时此刻　　作者：杨　煜（四川）

三等奖

写给潜江白鹭湖的十一首短诗（组诗）　　作者：向武华（湖北）

潜江书信（组诗）　　作者：白瀚水（辽宁）

潜江三章　　作者：宋　尾（重庆）

我的潜江（组诗）　　作者：廖　董（江西）

潜江，潜江（组诗）　　作者：余述斌（湖北）

优秀奖

雷雨潜江戏中戏　　作者：韩　墨（江苏）

潜江动人的眼眸（组诗）　　作者：王　喜（甘肃）

雨落借粮湖（组诗）　　作者：理　坤（湖北）

平原四章（组诗）　　作者：田晓隐（湖北）

曹禺，风暴处理者（组诗）　　作者：北　野（河北）

潜江风物记（组诗）　　作者：法卡山（湖南）

打开潜江的梨园，抑或与曹禺的交谈（组诗）

作者：温勇智（江西）

在潜江为曹禺重新搭建一个新的戏剧舞台

作者：轻诺（黑龙江）

夜读《雷雨》（两首） 作者：国际军（山东）

潜江：华丽的布景正在拉开序幕（组诗）

作者：丁小平（湖南）

漫步潜江（组诗） 作者：程东斌（安徽）

潜江三首 作者：辛增路（陕西）

潜江：云梦与戏剧（组诗） 作者：震杳（黑龙江）

先生，借一种温度与你重逢（组诗）

作者：杨江涛（江西）

情动返湾湖（组诗） 作者：成小二（湖南）

曹禺，一个人一出戏（组诗） 作者：方应平（安徽）

暗夜中的鸟 作者：杨义祥（湖北）

潜江册页（组诗） 作者：鲁绪刚（陕西）

潜江风物志，或与曹禺书 作者：陆　承（甘肃）

旧体诗组

一等奖

鹧鸪天·返湾湖晚归 作者：陈忠仁（广东）

二等奖

五律·谒曹禺纪念馆 作者：雷秀春（四川）

沁园春·咏潜江 作者：徐超君（湖北）

三等奖

曹禺公园梅苑赏梅 作者：梅凤云（河南）

水调歌头·夜宿潜江 作者：谭术泉（湖南）

念奴娇·谨贺潜江龙虾节 作者：秦　凤（湖北）

七律·潜江梅苑 作者：饶帮梅（贵州）

满江红·潜江 作者：高志明（湖北）

优秀奖

古风·潜江吟	作者：钟振振（江苏）
念奴娇·访曹禺故里	作者：杨怀胜（山西）
怀曹禺	作者：周其荣（江苏）
七律·谒曹禺故居有怀	作者：李如意（江西）
浣溪沙·返湾湖湿地	作者：蒋健康（湖北）
行香子·夏游返湾湖	作者：赵晓生（河北）
赞潜江小龙虾	作者：卢素兰（湖北）
水调歌头·潜江行吟	作者：刘葆华（山东）
水调歌头·怀曹禺	作者：李太东（黑龙江）
鹧鸪天·看《雷雨》	作者：陈　镇（河南）
秋游潜江曹禺公园乃赋	作者：张青松（河北）
潜江草把龙（孤雁出群格）	作者：黄佳武（广东）
过潜江	作者：谭俭方（广东）
水调歌头·楚章华台遗址临眺	作者：王　宇（湖北）
为潜江两大国际赛事点赞	作者：张春训（湖北）
满庭芳·大美潜江	作者：刘喜成（上海）
浣溪沙·潜江印象	作者：陈　亮（四川）
临江仙·虾市	作者：夏家新（湖北）
鹧鸪天·园林科技工业园掠影	作者：刘道恺（湖北）
沁园春·神游荆楚之潜江	作者：王博涵（湖北）

在“曹禺杯”全国诗歌大奖赛颁奖典礼上的致辞

吴祖云

尊敬的各位领导、各位嘉宾、各位诗友、朋友们：

大家下午好！

首先，请允许我用著名诗人泰戈尔的一句诗作为开场白：你对我微笑着，沉默不语，而我觉得，为了这个，我已等候了很久。今天，我们相聚在美丽的汉江之滨，隆重举办曹禺杯全国诗歌大奖赛获奖作品颁奖及作品研讨朗诵会，因诗结缘，以诗会友。在此，我谨代表潜江市委市政府和百万潜江人民，向大家的到来表示热烈的欢迎！向曹禺杯全国诗歌大奖赛的获奖作者表示衷心的祝贺！

潜江既是戏剧大师曹禺先生的故乡，也是一座诗歌之城，虽然仅有百万人口，写诗的却有三千多人，遍布各个阶层、各个行业，至今有上百名诗人活跃在中国诗坛，形成了独具特色的“潜江现象”，先后被评为中国民间文化艺术之乡、中华诗词之市。此次举办曹禺杯全国诗歌大奖赛，是用诗歌讲述潜江发展故事、传播潜江文化魅力、传诵潜江美好生活的一次文化创举，必将进一步扩大潜江知名度、美誉度和影响力，助推潜江文化文艺事业和经济社会高质量发展。

习近平总书记强调：“学诗可以情飞扬、志高昂、人灵秀。”诗歌，是人间最美的艺术花朵。关注时代、热爱生活、温暖人生、激浊扬清，是诗歌最真的本质和最美的境界。当前，潜江正处在大力实施“东进南扩、产城融合，四区联动、全域振兴”发展战略的关键时期，也是全面加快文化文艺事业繁荣发展的重要时期，时代和人民期待着涌现一大批优秀诗人，期待着出现一大批精品诗作。

我们热切期盼更多诗友能够走进潜江，走进潜江的昨天、今天和明天，挖掘潜江故事、捕捉潜江声音、采撷潜江意境。无论浪漫或者婉约，奔放或者柔情，我们希望通过曹禺杯全国诗歌大奖赛，成就当今中国诗坛的盛事，涌现更多的优秀诗人；我们期待以大家的生花妙笔，为潜江写下更多恒久传诵的优美诗篇，留下更多津津乐道的诗坛佳话。

最后，衷心祝愿各位领导、各位嘉宾、各位诗友在潜期间生活愉快！祝大家身体健康、事业蓬勃、阖家幸福！

谢谢大家！

2020 年 11 月 8 日

曹禺杯全国诗歌大奖赛颁奖典礼现场

曹禺杯全国诗歌大奖赛颁奖典礼现场

中国诗歌学会党支部书记、原《中国作家》杂志社主编王山讲话

中华诗词学会副会长兼秘书长、《中华诗词》杂志社副主编刘庆霖讲话

湖北省作家协会党组书记、副主席文坤斗讲话

中共潜江市委书记吴祖云致辞

一等奖颁奖

二等奖颁奖

新诗组三等奖颁奖

旧体诗组三等奖颁奖

诗歌朗诵

诗歌朗诵

湖北省作家协会副主席、鲁迅文学奖得主张执浩给潜江诗人作讲座交流

中华诗词学会副会长兼秘书长、《中华诗词》杂志副主编刘庆霖诗词创作讲座

嘉宾诗人参观曹禺祖居

目录

CONTENTS

新诗卷

旧体诗卷

新诗卷

秋风中怀曹禺先生（组诗）

马累（山东）

秋风中读《雷雨》

（我是被他深深感动了的
第一个读者。
我一口气把它读完，
而且为它掉了泪。
——巴金评《雷雨》）

秋风来的时候就像
一场隐瞒已久的咳嗽，
瞬间就陷入人性的陷阱。
想起那个叫曹禺的人，
孤独，孤独得有些疲惫。

秋风带来一些似是
而非的黑白底片。它们
在我的脑子里始终
摇晃着，在暗室的尼龙绳上。
那些木夹子让我想起
另一些形而上的、即将
被晾干的真相。

秋风中读《雷雨》。
清冷的晨光，熹微的星月。
那个叫曹禺的年轻人
在破碎的国家前裹紧了
衣衫。他知道人性
总在暗示中隐形，又现身。
当生活必须被指明的时候，
他扔出了一个电闪雷鸣
的麻团，不只在舞台上，
更是在无尽的道路中。

再读《日出》

（单单暴露这社会的
黑暗面是不够的，
它还隐约地指示了
一个光明的希望。
——巴金评《日出》）

昨夜失眠，怔怔盯着
墙壁良久，沉溺于二十世纪
三十年代天津某旅馆
休息厅里发生的闹剧。
灯光聚拢的一小块世界，
类似于命运的沉滞，不是
生活能够解决的。

之前我读过太多陈腐
空虚的文本，也知道灵与肉
并不等同于水与火。
就像现在，举头三尺，
秋风如晦，拍打着
我的小灵魂。

看见九十年前先生
架起人性的油锅，在
词语间提炼世道与人心，
我的寂寥竟有了激动的成分。
而人世的闹剧，从来
没有什么胜负，即使它
再浅，也会漫过我们
肉体的深渊。

“损不足以奉有余”。
当时间过了这么久，
这么久，先生惦记的人性，
仍未干透。

秋风中怀曹禺先生

多么美好的一天，
天空蓝得令人诧异。
我在阳光下读先生的剧作，
蜜蜂在抓紧最后的

时间采蜜。有四十条腿的
黑色虫子爬过地面。
当我想起一些事情时
它已消失。

对一个乱世的超越
有多条路径，向左或者
向右。但先生选择了
最难的一条，用文字去
刺穿黑暗的穹顶。

他如果不是想找出
灰烬中的钻石，就是想
尽可能地扶正
已在人间沦丧的正义。

九十多年了，他的
剧作依然闪耀着人性之光。
他用笔刺穿了众生璀璨
如烟花般的无知。

多么平凡的一天，我
研习他晚年的沉默。
向下，向人性的矿层挖掘。
人群中泪流满面的人，
空气停止在致敬的时刻。

倾　听

万世长（陕西）

1

假如一切都未曾发生
……因为《日出》，潜江有台词，存放在远方
我入戏，深浅都是结局
万物积攒填充，你一言不发
因为无法阻挡事件的发展
不选择，就等于做出了选择。所有的草木
聚力在春天是正确的
你说
用什么来表示此刻的心情，双手抱在胸前
以示你存在的依据
——某一天
你又将遇见，父母，子女，或邻居
他们躲藏在某处，热衷于制造话剧里的人物
让你重新认识，如同时间
让你面对一切又将失去一切
——做一名形迹可疑的人出场，才知道凡事
都需要倾听
而人间事，比起寻根，更显庄严
……因为皮囊
还有许多事需要我们处理

2

我熟悉的人有五个方位
朝南，你转过脸，梅苑便暗下来
需要有江水的心境
你认为这是痛，像一只瓦罐随手放置在某处
一个人排队一个人认领
去北边吧！一个活着的人，该有一个
相对容易识别的地址。你不做辩解
有些话说了，其实，没说
东方属阳，地震那年，你不再有其他念想
面对沦陷的山冈，你说成仪式
轻松的语气，闭上眼睛都能升起来
向西，背一斗米，我唤你
粮食的气味，我又唤你，《雷雨》
一个人的威严一个人演习
最后，你在潜江，向来往的行人打探消息
你作为一个亲临者一再被确认
雕刻，又几乎遗忘

3

光阴记录我，一身行装是我
留给世间的仅有记录。似乎没有
你在大地上走来走去显然成了一句预言，而我
不干预，晨雾漫过竹林才是
同一个长江，也可以说
原本就只是一道湾，不过只是

拐弯的幅度稍大了些，超出了你最初的预算
而形成的问号
——正是因为白杨的幅度，加重了
一根骨头兴奋的知觉

4

锄具，瓦砾，都比一扇窗
适合我们。去郊外，我们无数次看见的
麻雀，它们成群结队飞
许多时候，鸣叫声让我不知所措
一个人的好处在于，可以任意缩短额头的皱纹
而毫不犹豫
当花鼓戏上演，我们在窗前交谈
望着雨雾重叠的田野，眼角膜是你，说的
可以随手触摸到的劳动之美
我想到，由一个人的身影演变，而身后
是一片需要穿越的湿地公园
正在去留之间，用一天时间消瘦
落在肩膀上。好比举起锄具
用力砸向瓦砾，又惊飞窗外的一群麻雀
事情远比我们想象的直接
你毫无掩饰的过程
当爱过的人，把你如获至宝

5

送走，又迎回
院子里可容纳的事物逐渐减少

我们停下来，想要的
在美丽的寓言里，你用汗水浇灌山坡
在昨天，我们在柴火边说家
有水乡，将安睡笼罩在旱烟的雾气里
落到院外的柴垛上，有油田
在山川里是笨拙的，让我想起，那些岁月
额头板结的伤疤。入夜，院门曾是
我无数次幻觉的双手
伸向窗外的那一枝蜡梅，又会
如期醒来。脚步，犬吠，夜猫子都在
其中有一段细长的日子浮现
在各自守护的秘密

6

潜江沉淀在迷茫之中……
当我们每次拜访回来，山路更新，夜里
你手中的斧头又磨亮了内心
来自疼痛处
那是一个妇人走向山顶的身影
我们在各自的墓碑上写下
此人无声。连每一块石头都有反思感
正是因为，山顶
我将一双雨鞋放在门口
以及，往返的行程
你有一步的距离
——在我出生的地方
面对一个个完整的物体，和母亲一起

其实，那只是一棵水杉树
独自亲临原野
又是确定，直觉会给我们指引

7

给整个人生整个秋天
你说，那将是一个完整的物体
山野陈旧，好比我独坐山坡突然想起
类似温暖的亲情
那是云梦，躲藏在江汉平原的背影里
那不是同一个秋天
我们交谈日子的变幻，而四周不是
同一个秋天
这会增加一把镰刀对自己的
看法。你需要包容
才知道，正是因为与生俱来的创口
在反复确认

8

江水从不顺从，那放纵不羁
是有形的执着和无限的
从容
如果我们的行程携带在浪花里……又似乎
有人，和你一起回到江水里
自己又从未察觉
有时，我们坐在渡船上
在水里通过，因为我们还并不完全地

理解水

就已到岸，湿

需要在撞击力的修复下

才重新愈合。我们的表达还不够

彻底

看水由直线到曲线，如同考验

缓慢平复下来，像一个人不经意的一个回头

而记忆在陆续恢复

潜江，就像人类的此时此刻（组诗）

杨煜（四川）

潜江龙湾

江水漫过沙砾与衰草之后，大地的颜色
在时间中巧取豪夺
于此地人心骤然肃穆
天空以上的云朵，烈日是一种镌刻
铭文越陷越深
石家河、章华台，楚和楚的金枝玉叶
消失的宫阙
历史沉沉，有着青铜与锈铁
还有骨殖和鲜血
隐约于大野与苍冥的古歌
敲着树根与江岸，就像人类的此时此刻

章华台

做一场大梦，不往前
只向后，最好与楚怀王和屈原相约
谈论国事，或者只是隔窗唱歌
旧朝的屋檐上雨水恣肆
燕子只在寻常人家梁上暂且安乐
相信有人于此文武排班

列兵布阵。相信仙女的裙摆
扫落过王侯的酒樽
更有深夜于此仰望星空者
神巫的长须，袍子里面装满古老的夜色

东荆河

左右，前后，伸展与弯绕的
都是生民。水当然源于天空的褶皱
与痛哭。东荆河，名字太好
木水相生，与此类同的
两岸的村镇和田野，人民和我们的
生生死死，悲欢离合
我沿江而来，于浩浩江水之侧
提着空空的躯壳
手脚入水之后，群攻的鱼嘴
仿佛古来今往的谶语，灵魂的白莲与荷叶

写给潜江白鹭湖的十一首短诗（组诗）

向武华（湖北）

（1）一只白面水鸡就在附近的湖苇中

我并不想说服年轻的朋友，他们
吵吵闹闹的生活，偏激，但有活力
有段时间，我更爱好沉默的事物
兰花草过了花期，根下堆满了碎玻璃
它们的沉默，像另一种花朵在无形地开放
不光艳，却幽深，不容易被打败
在笔直的云杉林里徜徉时，我也会
被它们的沉默所吸引，那微弱的光
直达天庭。一只白面水鸡就在附近的湖苇中
偶尔发出几声鸣叫，保持着夏商时代
古老的噪音。它深谙歌唱的艺术
优雅的技巧在于一声不发，它隐藏得那么深
给人造成错觉，深秋的白鹭湖边没有一只水鸟

（2）从湖边去曾家湾，阳光更多

在室内睡觉没有在野外睡觉舒服
欢笑的人没有悲伤的人有魅力
坐在钓台上垂钓没有坐在树荫下垂钓
让人羡慕。从县道去曾家湾

没有从湖边去曾家湾，阳光更多
开车的司机满脸都是湖水泼过来的阳光
就像小时候在湖中呛水
现在，我们每个人都呛了一大口阳光
再也看不出，谁还在欢笑
谁还在悲伤。在阳光中悲伤的女人
我们只觉得她很美，被浪头打湿的美
但我们不好意思问她为什么悲伤
刚好有人提竿，一条小鳊鱼挣扎着
被拖出水面。我们只好改口问她：
那条铁皮船，可以载人去湖对面的村庄吗？
她说，你们又不坐船
前面有条石桥，可以开车过去
那在船上睡觉的人，他什么也不知晓

（3）一条去湖边的路，正在施工

那条通往湖边的熟悉的路，正在施工
工人们在挖开路面，埋下水管和电缆
幸好有人知道还有另一条隐秘的小路
可以到达湖边的大坝，这反而令人惊喜
湖面一点风也没有，特别清晰
阳光和岸边的石头都闪闪有神，噫！
即便如此袒露，我也不相信自己看到了一切
与冬天模糊的湖面一样，这光洁、空旷的正午
并不比一个雪花纷飞的傍晚隐藏得更少
我有点不知所措，一面透明的镜子里

恍恍惚惚，闪闪烁烁。盯着去看
什么也没有，又仿佛有人在水面骑马而去
令人惆怅的正午，我甚至不知为何惆怅
湖周围的树木、蔬菜正长势兴旺
“这是荒凉的一年。”并不令人信服，依然有人
雄心勃勃。四面八方不断传来的消息
有不少值得喝上一杯。强暴雨在持续形成
此刻的湖面一点动静也没有，只有多余的光
在水面挤成一条路，闪亮又幽暗

（4）海蓝色的窗户

终于，我有了海蓝色的窗户
不知道是怎么拥有的，是沉思，
还是绘画？窗外是一棵深秋的黄蜡梅
在大雪落下之前，它不会开花
墙壁雪白，最小的飞蛾
都能看到它移动的阴影，清澈如许
万物敞开，时空透明
一个人坐在暗红色的坐垫上
像一堆灰烬。所有的事物都燃烧过
那些没有燃尽的残渣，流水会
把它带上天空。坐在海蓝色的窗户前
我感觉白鹭湖的湖水把我淹没，阳光进一步
把我掩埋。我所有彩色的黑
像一只鱼眼，被彻底埋掉

（5）仲夏时节，湖风吹着一只上升的白鹭

在湖边的小石桥上垂钓。轻微地
拖动纶线，希望移动的蚯蚓吸引翘嘴咬钩
我选择的水域，是个小闸口，有活水
更重要的，附近的村民在这里淘米洗菜
不担心没有钓获，只需耐心地等待
这是美好的时光，视野辽阔
湖风吹动着一只上升的白鹭，宛如一把
竖琴在拨动，那最激烈的音符消失在更高
的虚空中，白色的鸟影向上，不断地逼近无
如同炽热的灯泡骤然一亮，钨丝熔断
打断漫思的，除开浮标缓缓下沉
还有两位老人的谈话。一位老叟，一位老妪
老叟在石板上搓洗一件灰色衬衣
老妪用竹刷把洗一个黑色的铁锅
铁锅的黑垢和白色的肥皂泡沫像两股不同的
源头，在水面上形成纠缠
他们从一位村里刚刚去世的老人开始聊起
都是有关死亡的。他们聊得非常豁达、透彻
第一次听到有人把死亡聊得那么有趣
比那些哲学家更有智慧，更朴实亲切
其实从他们的谈话中，也能感觉到湖周围
丘陵山地、树木庄稼、坟陵、野兽共同营造的
深邃、古远的气息。这只是一种罩着人世的
回音壁，而他们谈话锵锵作响，并不颓靡
老妪头上戴着一朵栀子花，显然她还在装扮

自己，身体还算硬朗。她把自己当作长寿者
又把长寿者比作杀人犯
她说自己，不受九磨十难死不了
开始我还没听懂，后来终于听明白
为什么先死是福，后死是磨难
他们最担心就是“那一下”，“那一下”不彻底
就是前世做了坏事，他们都羡慕
村东的那个老头，在地里给番茄绑竹架
说倒下就倒下了，不过十几分钟的事
“久病无孝子，久哭无眼泪。”
老妪说这话时，是笑着说的
老叟也笑着回她，“你够活，那船儿够划。”
就他们说这话当儿，发觉湖里起浪了
远处的荷叶一页一页地揭开
一个个浮在湖面上的井盖。我似乎看到一只
白鹭消失在一口深井里
终于守到了一个有力的顿口，钓起来的却是
一朵红艳艳的荷花。这有点出我意外

（6）沿篱豆是一个例外

肆在湖边的三层红砖楼房，门都是
锁着的。晾晒的花衬衣被湖风吹得耀眼
闸口边停着一辆三轮车，人淹没在田野里
如果不去认真寻找，看不到一个人
如同在茂密的藤蔓中，那些成熟的瓠子
被发现时，已经老得不能食用

沿篱豆是一个例外，密密麻麻的
像湖面上的白条鱼，总是成群结队地出现
集市上的人群也是如此
无足轻重，多得不值一提
此刻，他在一丛沿篱豆下把僵硬的土块
砸碎。劳动不像赶集，看起来那么孤单
那么深入，像一个诗人在苦思冥想
湖水在远处发出恒久的哗哗的响声

（7）秋天的灯点得到处都是

整个下午，湖边看不到一个人
天空也没有一朵云。豆萁全部枯黄
合欢树的火焰刚刚被扑灭
我想朝着对岸的船大喊一声
不知被什么东西扼制着，让我放弃
有一个人出现啦。那人提着一只铁桶
向湖边走去，他的路途看起来特别漫长
秋天的灯点得到处都是
照着每一个孤单焦渴的人
下午很快就要过去。如果坐不上最后一班船
天就会黑下来，一个人站着
就像站在流水的中间

（8）每个人都那么孤单，走着不同的小路去湖边

那年，雪还没有下下来之前

我收到了一张明信片。蓝色的湖景
应该是深秋，芦花的白，栎叶的红
湖水的靛青。没有一个人
摄影师一定觉得，大部分情况下
人的出现大煞风景，比不上一朵太阳菊
或突然浮上水面的一只黑水鸭。人是如此无趣
不知那些爱站在风景中拍照的人，怎么想？
明信片上写着新年贺词，热情又俗套
蓝墨水字迹弯弯曲曲，有的清晰
有的模糊。很多年，我再没有收到明信片
大雪下下来之前，没有任何消息
每个人都那么孤单，走着不同的小路去湖边
只有极少数人试图沟通，却找不到持久的话题

（9）它们的清辉，与往昔没有任何区别

总以为秋天清冷的早晨，那恍惚的叫声
来自鹧鸪、长脚秧鸡，或更古老的水鸟
鸡鹕、鹭鸶，它们隐藏在水田和草丛中
从夏商，可能更遥远的时候开始
一直不间断地，在山水中发出神秘的鸣叫
如同那些不知名的星辰，从没有改变过
它们的清辉，与往昔没有任何区别
抬头就能看见，让人一下子就可以摒弃
所有的杂质。其实，我是错的
有一次垂钓归来，在湖边黑色的池杉林里
遇到一群灰色的斑鸠，近距离地听到

那求偶的热情的叫声，混乱又急切
在远处的人听来，却那么空蒙恍惚
也许我仍然是错的。正如现在回过头看那片湖面
所有被打扰的地方，雾霭恢复了最初的平静

（10）翠鸟

不管过去了多么久
不管多么容易遗忘
那个瞬间，坐在秋天的湖边
我想起了你，我的小妹妹
你的蹒跚而行，银铃的笑声
还有哭泣时的鼻涕
气喘吁吁时的红脸蛋
你溺水而亡的那个暗红色黄昏
早已被时间稀释成缥缈白云
感谢这只翠鸟，它潜伏很久
突然从船沿边，沿着湖面疾飞
翅膀把平静的水镜撞碎
我一下子在恍惚中
在深渊中看到了你一闪而过的面孔
翠鸟背上蓝色的金属火焰
刚好照亮了这一切

（11）我只能用一下午的沉默，向她致谢

我等待过吗？在最困难的时候

向湖边张望，那里除开一只很旧的木船
什么也没有。终于有一天，秋风
寄来了落叶，上面写满了湖水
我认得所有的波纹，认得落叶中最晦涩的文字
信使并不显身，她隐藏在空气中
我只能用一下午的沉默，向她致谢
等待会结束吗？有些消息
也许永远不会传过来，空气中
也不会传来马蹄声。也没有人张望
大雪不久将至，木船上也会落满积雪
人们会将信使遗忘，那是命运而不仅仅是困难

潜江书信（组诗）

白瀚水（辽宁）

时间的秘密

写到潜江，我就想起了
几年前龚纯兄说过
吃小龙虾一定
要到潜江来。潜江的小龙虾是
世界上最好的小龙虾
可是几年过去了
潜江对于我依旧是一个熟悉
却陌生的地方——
我走过的那些街道总是与我有着
强烈的认同。它们的名字
也总是在我心里不断
回响着，就像历史和乡音在我心里
留下的强烈的回响

有时候我会把这种回响，想象成
一部名为“雷雨”的话剧
我会想象那个年代
天鹅绒的旗袍。中式庭院。大红的灯笼
演出的舞台。我也会想到那个夜里
走出桎梏的少女

但面对潜江的时候我却无法，把那场雷雨
说出口来。潜江太温柔了
更像是《日出》里
陈白露没有见到的日出。时间的秘密

好像我只要说出声来
房间里的静物就会消失，就会成为记忆
民国的风情就会
随风成为难以理清的碎片
而命运会在深绿色的树影里
表达一个后来人对先贤
持有的敬畏。我想到他写过的人世
沉浮之间，仍未放弃的信仰
便想到他年轻时候的中国
今日之中国，对于他，也是信仰
是灵魂的洗涤，也是一个姑娘的名字

与曹先生书

先生。我和你素昧平生，未能相见
我只是读过你的作品
看过今世人，表演的你的话剧
我想象过你的《日出》
想象你在《雷雨》的夜晚
写作，流泪，对时代的哀伤
像银色的器皿，盛满了夜色和巨大的雨声

雨声也是余生。是你说过的
年代的疼痛
虽然已经过去很久了
我的年代依然留有，你笔下的风雨
灯火深处是我们的人间
再深处是正义
当一只鸟悄然落下的时候
它的眸子已经烙印在，熟悉的文字里

曹先生，你写过的人生
在书中与我的人生相遇。那是夏夜
一盏贴近额头的烛光
是一条河的源头，虫鸣点亮星火
明悟尘世的少年从林中走来
曹先生，你听我详述这时代的变化
有骨头的少年，仍旧是可敬的
我坐在一片树影里
在你出生的地方，万物都是深邃的词语

夜宿潜江

借着路灯，我推开一间小旅馆的门
一个女孩站在昏暗的走廊里
她正拿着笔，在墙上写字
她的眼中似乎有一匹
朝山中走去的白马。她看着我，也看着
随我涌入房间的夜色

我好像回到了很多年前，尚有勇气
对人间提问的自己。那时候父亲在我旁边
在泥土里，埋下一粒种子
他说每一粒种子都能
长成星光。每一个灵魂都能长成春天
拿着笔的女孩，写了一首诗
我小声地读出来，然后在旁边写道
今夜的星辰，不属于星空，属于潜江和你

流水里的潜江，温和凝重
仿佛能够沟通我的命运
星河。苍穹。植物
是柔软而低调的，好像每个独处的人
都能从它静默的空气里取得一枚
与自己有关的音符
星光里的女孩，藏着宇宙的密码
当她走上通往岁月的台阶时
身后的河流似乎
也在涤荡着我。记忆。一朵海棠或是
云端的铁路。我把生活的梦想
从时间的碎片里取了出来，放在长久的安静中

潜江三章

宋尾（重庆）

一首没写出的诗

我有一首没写的诗
卡在某处，或隐或现
像一缕湿漉漉的影子
但并非可有可无的
它静止如同失去一样沉默
又像秋天那样饱满
寂静不是一种匮乏而是相反
我有太多的语言因此
不知从何启齿
我难以写下诗的第一行
我的心一直等待某个启示
打开她或是被她打开
许多年后，一个旅途黄昏
我站在金沙江与岷江交汇的地方
蓦然想起了下游那条
叫作汉江的支流
那座以江命名的小城
那首一直没写的诗
在这源点复活了
就像时间与时间相遇

在一种无垠的遭际中
余生里再也不会有此感受了
那不是我的家，我却把她当家一样惦念
那里一些人是我梦中的亲人
那是我的一行诗
字符里交集了偶然的欣欢
我在那儿喝过的酒像一面尘世
镜子里干干净净
那首诗被折在心的缝隙
它从未开始，也不会结束
在那儿拥有的日子真是叫人难忘啊
但我似乎很少向谁提及
爱就是这样，不是竭尽可能地表达
而是想着如何隐藏
在码头的雾霭中
我远远望见那块平原在暮色中
被温柔的河水缓缓怀抱
那水乡里沉浸着我的背影
人生就是这样
亲密时我们总是很难想象
会有道别，而距离
又会是这么漫长
但我知道我会写一首诗
诗里装着一座小城
句子里走着那些梦里的亲人

你在雷雨广场等我

我们在广场上等一个人
一对白鸽扑棱飞走
将空地留给几个幼童
和他们的滑板
两个彩色气球飘浮在空中
与我们斜长的身影
形成一种沉默的对视
身后，一直观察我们的垂柳
被湖水轻盈地拉扯……
我坐在台阶上
旁边站着龚纯，他在跟
梁文涛争执些什么
也许为一首诗
或某些悬而未决的往事
他们说话的时候
我起身，沿林荫路
走上一座石桥
远处是黑白色的纪念馆
行人中没有我等的那个人
这是我记得的最后那个场景
我的记忆卡顿在此处
比如我忘了
那天我们等的人是谁
魏理科？他应当陪我一起
站在那个黄昏
我们在那站了许久

我记得有个人说
你在雷雨广场等着我
然后我一直等
一直等
这么多年，我似乎还站在那里
等着那个人

分道的地方

若干年前我曾写下这样几行诗句：
“在这个黄昏
他要牢牢将我摁住
放进其他更大的口袋
那将是更广阔的
比张金要大得多的
我不知其在何处的地方”
那时，我身处这样一行转折处
看不见未来，也没有
方向和抓地的笃实
我只有诗和它的直觉
回头来看，我的诗
已经给出了清晰的暗示
它借我之手如实刻画了命运的看法
但我并不知情，就像你在此刻
永远不可能捕获明天的猎物
唯一能让我记得的
是这座水乡小城

挽留了我远行前最后的波澜
临走前，我与朋友们作别
大家都很轻松
以为不日就会相见
可是啊，有些离开
仿如河流在某处分道
随后在各自的途径
一泄而去，就像汉江
自此处拐出而挣脱长江
不再是任何一种模拟
她成为她自己，用柔软的线索
描述着这块平原的轮廓
这些年来，我似乎也找到了
属于自己的某种形象
可是啊，水在水中
倒流是困难的
年轻时我有一种困惑
为什么曹禺毕生热望着这儿
但又不曾履归
现在我多少理解了
这部戏剧的空白与本质
朝前走总是容易，往回很难
如今我也走到了一个沉甸甸的季节
但仍不会洞悉人生的秘密
唯一被我所知的是
那一年我从那首诗的一座车站离开
我走了多久，它便沉默了多久

我的潜江（组诗）

廖堇（江西）

章华台上

云梦泽一角，湖水缓慢
北斗星的前方，一起投宿黑夜的光
好细腰的楚灵王，在庞大的叙事里反复斟酌
抚摸过欲望的琉璃，落在我的兰舟上
完整的事物跳进花蕊深处，整个第三产业区都安静下来
多余的月光，掉落在龙湾镇里流淌
穿过鸡鸣腔、渔鼓腔，和偏爱雨后的露水一起呼吸
曲栏拾级而上，钟声竟有了菩萨的模样
火在朝霞的余照里跳跃，晾干人世的虚无
满地野草拿着一段鸟语，仿佛和我熟稔多年
阴影处解冻的转动着的钥匙，回到了优雅之旁

从日出亭到雷雨广场

惊雷藏于马昌湖的体内
无限重复着聚集又散开的眼睛
热爱的虚空望向远方的山脉
鸟鸣在白夜里的猛烈撞击卑微
一个偏僻的角落
活着轻音乐进行自我判决

白雪敲破玻璃面具
一片大海夹杂着人们从未注意过的时辰
平行的荒凉朝着温柔的深情
世间所有的好与汹涌重复着爱人的名字
幸好有缝隙的光阴没有被辜负

听潜江花鼓戏略记

把沉沦尘世的身体放进去，用光阴驰骋
等过往的鸟雀啁啾。坐在铺着旧山河的地上
高谈哲学和戏剧。尽最大能力庇护人间
使所有虚无装满，足够的抒情和水汪汪的月亮
我们需要这样一块荒地：柴刀不上锈、可以反复擦拭一支竹管
让十指沾满尘埃，修饰一切空旷
将灵魂折叠起来，不用修辞
以辽阔不断撩开尘世，擦拭反复投影被供奉的图腾
把洒落的风声读成人民，长久地在汉水边发呆
从地平线延伸，侍弄蓝的芳香

潜江，潜江（组诗）

余述斌（湖北）

在潜江章华路

我看到
潜江的阳光低头有明媚
和我的抬头一样有热望

车窗外，遍洒窥视
影子比阳光更频繁更紧张
她们越窗进来
如越墙的红杏，轻易
找到了我身体的一部分
在我右侧的脸庞和脖子上，相互交替
并留有遗憾。这一日之行的异乡
我摇下车窗
低矮处的一阵阵凉风，坐在我的腿上
替我含羞，替我擦拭那些遗憾
而我心有不甘，只在章华路上变道
进入左转车道，再摇上车窗
然后，把潜江的天空、阳光、影子和风
一个不留地关了起来
一起带离潜江章华路

过东荆河潜江段大桥

看你的时候，每次都这样
就像你一样，每次都是路过

没有一片阳光能站稳脚跟
就淹没于滩涂上的起伏不定
一切都像细菌在传染
比如随波逐流
我想象不用载船的流水
流起来多么无奈艰难
河水缩小身子
比绿草更加矜持
绿草的波澜真的没有方向感
不俯瞰，不立于大桥中央
怎知河水的内敛

你太像瘦弱的美人，低头流过
两边的绿草和间作的植物
总在虚张声势，把它弄出响声来
几只白鸥变成空虚里的空虚
原来水是这么说服我妥协的
我每退一步，河水收复每寸失地
一直收复到我心泛滥成灾

潜江的白云

面向我一侧的白云
不如她后面的白
我觉得我的目光不够纯洁
恰好一架银色的飞机
在我一个人的注视下
把潜江的天空偷了遍
却没有一个人察觉
或站出来制止
好比云的高度，是我喜欢的高度
我以顺手摘棉花的感觉
用目光摘取这白云的白

如同在这离开潜江的高速路上
一辆运输车
在我的前面以爆胎的方式
泛起尘埃，也有白云的白
像极了这潜江天空中白云的白

潜江：华丽的布景正在拉开序幕

丁小平（湖南）

1

找到最快捷的词语　知道雨水充沛的理由
轻信了平原上　青烟笼罩的四野
云雾才是取自泥土里　最真诚的章节
汉江在平原的脖子上缠绕　如丝绸滑溜
挟裹时光的碎片　一去不返
只有稻黍　站列成行　肃穆庄重

水域太过沉甸　土地注重卑躬的礼节
悲喜早已在潜江追随了支流逝去
日暮迟迟啊　金黄的天空里
还在书写云梦泽那一章跌宕的情节

湿气长期淤积在返湾湖的咽喉
潜半夏　是化解乡愁最好的药引
咳嗽声中　春风正在翻耘沃土
江水浩瀚　冲积而成的国土
适应根须深扎　适合臣民俯首

2

在石头的故园　春秋把战国的历史

从深水里取出　摊晒在沙土的边陲
一页一页　被战马的嘶鸣烘干
天空的镜子里　可以窥见——
青铜早已泛绿　甲胄经不起刀剑的锋刃

一座城堡陷落了　举手投降的
却是在秋天里　落单的鱼虾
潜江滋生英雄的后裔　却又被
醉意浓烈的湖水娇宠得如一弯新月

钟声在这里没有塌陷　海拔
只是谦逊的先祖对世间的拱让
不一样的文风　造就不一样的生命观
就像做过潜江幕僚的清荷　保持
君子之间那杯寡酒　那首词阕均淡如仲秋

3

水杉蔚然成林　适合灰雀在此跳跃
斜阳穿过针状的时空　探照
长条的木凳　体温还留有余地
爱情并未走远　只在咫尺之遥

周朴园的影子　站在舞台的左角
斜眼看着鱼水之乡朝起夕落
不让横亘的俗归　越过民国道德的界限
侍萍不得不放弃怀抱许久的爱情
做回一棵江汉平原上刚发芽又迅速枯萎的白芽

华丽的布景厚重　倾盖今天的序幕
先生的剧目　搭架在昨天的舞台
只有返乡的布履　熟悉家乡的田堰
关于壮士以白发修筑堤坝　候鸟以归期许诺四季
在潜江的章回体中　只剩下一枚发亮的星空

潜江动人的眼眸

王喜（甘肃）

太阳升起来了，黑暗留在后面。

——曹禺

1

透过一池清水的眼眸，读花鼓戏
古老的戏文，星星落在水面上，白花花的碎银子
仿若闪电，划过荷塘温润的肌肤

阳光洒下金粉，落在美人怀中
黑暗在水上洇开墨色
宣纸上，湖光山色独具一格，触水
心生慈悲的，不只有水
一个人走出黑暗，饮下露珠驮着的阳光

从淤泥中爬起来，青翠的荷叶举着
莲蓬洁净的颜面，人一直都在
学习如何水 般辽阔
但辽阔并非终极之所，良善才是制胜之道

一朵水花揣着荷叶对光明的新解释，美好人间
侬软的吴语，几乎是千古绝唱
阳光与雨露协奏，一抹古乐，翻阅多少书籍都无法获取

2

荷叶上奔跑的露珠
仿佛在阔大人世中突围的人，坚守信仰
鲤鱼亲吻荷花的叶瓣
柔软石头的心，花红点燃河水

河水纯净是人心的底蕴
容得下生，容得下死，容得下万物轮回
一颗明珠容得下一切

从水的眼神中摸出柔软的事物，新生黎明
云朵擦亮天空
甘甜是空气的赏赐，明媚是春天在一滴水中拐了弯

3

拐过这个弯，就到了水乡的腹地
垂柳拂水，颤抖的水心，叙述清幽的人间诗话
在淡淡的烟火中重温

是谁绘制蓝图，修缮故居，因地势造出蒙太奇的美景
青瓦守着楼阁，清水环抱草木
心无杂念的人，泛不起一丝漪涟，水波不漾，笑靥天下

语言与修辞上的夸张
只是为了想更好表达内心的惊叹，在这里
触摸精神信仰中的骨头

时间只能冲走苍茫
像一件失而复得的珍品，嘴角上扬的人
需要多少雨露
才能软化一颗无比坚硬，石头的心

4

听霞光私语，一朵流云动了凡心
落在湖水的蚌体中生成珍珠
放大十万云朵，每一朵怀揣莲子饱满的爱
莲蓬身孕数月，仿佛绝色女子

供养着春华秋实，还是忍不住摘下一朵云，嚼服
体内有了仙气，疲乏顿去
万盏灯火，在夕阳初落时举着信仰照亮

并非夸张的语境
在这秀水仙境，做一回逍遥人，摆渡灵魂，宛若身居桃源
你若是要来，什么都不用带
在这里，莲叶盛水可沏茶，莲子降心火，引香烟袅袅

5

晨阳用半截目光叩醒潜江，清水洁净
洗去夜晚残留下的墨色，洗去灯火留下的余温
用半截目光叩醒世人

面对朝阳，泛舟行于河面上的摇橹者

找到了灵魂安放之所
辽远与辽阔，从来就是水的胸怀，也是水的心情

千亩荷花开，吸引丽日铺下册页
突然旷广起来的不只有无尽的眼眸，更有时光旧岁
随云朵变化着身子，鸟雀模仿

吃下阳光的水珠，坐在荷叶上
清风晃动画册
一帘水宣开口喝出阳光
拔起巨匠之魂，仿佛是流水执笔写下的密语

——水，悬在人间。

6

该怎样描述千亩荷花，与一池碧水
与一截坚骨，举着的深远的文明是否相互生息
河水的手抄记录者

语言的修辞不能描述，生命的呐喊，母亲的低吟
盘根错节的莲藕，在淤泥中
能够清晰地辨认出，哪里是活水，哪里是活水的源头

流水爬上田野，湿漉漉的语言
从嗓子里站出来，稻田的结构和莲花水塘
一样，都是诗人眼里的诗句

天空蓝是人心净，阳光暖是人心暖
思想的火花从来只在雷雨中，闪电一样被击准

7

不说晚霞是如何铺在荷叶上，不说温暖
不说留恋，不说美景
是如何从内部解构无限春风的技艺，如何让荷花

构成美学的必要条件，只要有春风
鹰翅上架着文曲下凡的讯息，流水开口朗读
在潜江，在曹禺故居
需要用省世的目光确认一种别致的色调

碧玉为翠。绿植为山
清水活跃一切气氛，春风摇动荷花上
露珠的响铃，唱词为日月
四季，不可替代的美，呈现诗意的风雅颂

8

有些美不可复述。荷塘
月色，手捧书本的人在白纸黑字中寻找
美的深意，与荷花面对面
花朵良善，它不会戳破我世俗的气球

手捧清水温润嗓音
甘洌之气分得清净与浊，孤高不是孤傲已见分晓
遁世并非藏匿，淤泥并非污物

仰首为敬，俯首亦为敬
一枚莲叶收复下的水域在潜江，可得天下

9

问道《尔雅》，曰："江为沱，汉为潜"
幽静中一株荷花举着
救赎的香火解惑，点燃读书人眼眸深处的火焰
品鉴纯净，莲藕吐垢纳新

阳光刚好迷醉，草木与人，石头与流水
莲与清廉，从来难以割舍
清风能够识别，人脸上自带的愁容或笑颜

晚霞落在荷叶上，盛大而又温暖
草木并不会因为夕阳将逝而弯下腰身，感受人间
莲叶上绘制炊烟图
归来的游子看见了点在夜空中的灯盏

莲叶举着，莲子的心跳
有了弦外之音，需要我在一首诗里留下一行空白
备下月光的老酿
与水私语，模仿春天的唇形

10

雪花落下来，星星睡着了
思想深处的火花，从来都不会熄灭

一盏马灯取出石头中
拯救人间的佛子。莲叶萎凋了
仍旧敞开着胸膛
空旷是一身金装，空旷是阳光西行的路

坐在水上，就是水的知音
身披水色牵出第一缕晨阳备下的酒水
一口饮下，剔除万物隐疾
一方净水是人心，生动春天的，也生动丰硕的冬阳

暮色点燃夜空，每一颗星星
都是遗落人间的眼睛，与莲子对立，也相依
仙骨是莲筋，高于草木

11

离水越近，越能感受到水的气魄，莲的底蕴
荷花开时迷乱蝴蝶
也迷乱人心，花朵没有贵贱
人心却有冷暖

站在水边的芦苇，白茫茫的
仿佛梅花吻在雪上
安静下来，倾听一朵雪花，哼唱春天的讯息
眼眸中滚动的水重新流回心上

命运叩首，荷叶举着信仰
开在盛世的卷轴上，荷花出淤泥，人间最朴素的答案。

在潜江为曹禺重新搭建一个戏剧舞台

轻诺（黑龙江）

1

潜江，一只时间的大手在荆河打捞，龙湾楚章华宫
是最大的一个映照。汉江之风与水乡园林，一成不变
乡音的韵脚端坐了舞台
花草、树木结庐，耕耘稻禾，捕鱼狩猎
在《诗经》里被传唱。雕花的木刻与一部剧作的提拔
日趋完善，被潜江一次次用文字，推杯换盏
《十亩之间》都是无尽的写意
资福古寺与清林禅寺，相互交换黎明的密码
禅意之中练习人间的幻术，成为潜江的风流
刚好以"潜江民歌"，韵律了炊烟的平仄

2

香火来自生动的民间，生产也来自民间
汉之广，足够为曹禺搭建一个新的戏剧舞台
提炼潜江的新貌，成为文字的营养
一些人将成为戏剧的主角
一些人将沿着曹禺的笔端，重新生活
烟火人间的盛况中完善自己
《我是潜江人》，一次次整合，一次次出发
带着黄金与钻石的脸孔

复读耕读人家，拿起授渔的工具
线索在章华南路，一边读书，一边写作
都用潜江做纸
一套《曹禺全集》等待重新装帧
潜江，做封皮

3

或跨过双虹桥，与曹禺相遇。目光对视中
有收集一个大时代的尘埃，落下来
湖水涟漪，江水浩荡
高铁出入厅堂。日出之中，交换献祭的表情
还是人间，最温暖的脸庞。还是人间
风吹弯刀刃，只留下围堵的幸福
在生活里交响
或就是霓虹，或就是，梅苑
又一个诞生季，在田间，在乡间，在城域
用故乡的瓦片，垒砌一个新时代的舞台
潜江人各自演绎各自的角色
各自以各自的舞台丰满了形象
不漏声色或隐喻在曹禺公园中
绿风掀起，潜江的浪潮

4

雷雨广场，你会舀出情感的丰满
神的好色，也成为怜爱的一部分
你会在读懂的人间纳入新的回忆，就是潜江独具的表白
你会把镜片下炯炯有神的眼睛从暗淡的天日里拽斜出来

就会发现，日出潜江的新鲜
鱼米欢腾，安居与乐业是一个常态
仿佛一架立体的屏风，挡不住新潜江
一代又一代人的梦想
在炙热中，重量了文字的表述
只有原野长廊适合你放牧的心灵
与风中对话的情致，适合你转变笔锋
适合你的才情重新打量潜江
一些灵魂飞离了肉体，更多的在工厂、科技园
在开发区，在片牍的美丽乡村，以读得懂的浅白
表达幸福的无尽

5

我更喜欢在潜江曹禺纪念馆翻看那些资料
立体的声控带出生活里更多的盐分
更喜欢一个舞台上的期待
在潜江泛光，在岁月的长河里永恒
流进一座城的脉络里
借用蝴蝶的身体，一次次敲定《我是潜江人》
我更喜欢稼禾的自述，雷雨只交给生长
《迎春集》中，迎接新梦，宜居，宜业，宜游
就是兴隆水利，引江济汉工程
就是返湾湖，一湖的荷花，早有蜻蜓落在上面
就是泛舟的泛舟，就是一个时代的引领
《我是潜江人》，江汉水杉，是一个倒影
广玉兰、银杏、雪松，组成一个公园
鸟啼自带唱腔，有人拉着风的华犁

正在绿海里耕耘黄昏与黎明

6

祖籍在潜江。通江达海，就是一夜的距离
行进的潜江，要有足够渲染的笔墨
才能把一个个时代的小人物，刻画饱满
金澳科技里的一个打工仔，不敢小觑
“潜江蓝”被反复歌颂
虾稻共作，用云数据计算。潜江龙虾长出沸腾的翅膀
“光纤小镇”带着青山绿水附体的赞美
百舸争流，千帆竞发，走在时代的前列
祖籍在潜江，足够曹禺开始一篇新的剧目
根与新乡愁，继续新力量
湖北省“芯”产业配套基地，与时俱进
小康县城，撤县立市，明星市嵌入目光
在曹禺纪念馆前，摆设一个千人共舞的大舞台
戏里，戏外，都是魅力潜江
延展一座城的风骨
江汉油城，曹禺故里，水乡园林，龙虾之乡，相互搭配
新时代的舞台更为宽广与风彩

7

一些人在改变，一座城也在变
高铁时代的祖国成为旋转的舞台，潜江特色成为一个主题
玛昌湖畔延续文学的盛况
湖水很明亮，人心也很明亮
广场上安然的步伐，也切合一粒湖水的莹润

把故居搂在身边，心灵轻盈地飞
一个新时代的墨迹被带向远方
潜江就在挚爱里，让曹禺的文学巨作，回应一湖的褶皱
有很多经典被打开
让述说不只是倾诉，让梦想不止于梦想
船橹摇过，扎根的故土，酸甜苦辣
都是细细推敲的，幸福的芳香
历经风雨，怀揣着无比的盛大

8

《我是潜江人》，伫立庙宇般的守候。一部剧作
被一座城安排妥当
等着重新运笔，开天辟地
等着你，在潜江蓝的意境中
勾画山水的图册
等着一些人忽然把黑白的乡愁兑换了色彩的笔墨
就是等着用一部新剧许配给这块荣光的土地
幻想不是梦想，潜江梦，才是一个主打的舞台
明珠璀璨，方可照耀
时代的琴弦上，弹出新剧辉煌的旋律
借用曹禺的笔，写下洋洋洒洒
而惊叹不已
在祖屋里，再摆设一些新时代的物件
带着潜江的富有
一座影响世界的舞台，在潜江徐徐拉开
都用园林做布景
花鼓戏，蚌壳精，采莲船，皮影戏

不断穿插，添加新词

加上曹禺公园，加上紫月湖公园、世博湖、返湾湖

一座文旅新城，决然兴起

雨落借粮湖（组诗）

理坤（湖北）

雨落借粮湖

雨从凌晨开始
就一直没有停过
旷野里弥漫着秋草
有些腐烂的味道
整个江汉平原安静极了
仿佛蓬勃到了极致
雨落在借粮湖
水面升起了薄薄的雾
雨落在酒店的窗外
我就有了些惆怅
这也没有什么不好
生活总是存在一些缺憾
那些圆满的事情
不知道你还能记起多少
就像现在
一碗热热的曲米茶
就让我想起了小时候
雨天和家人一起的日子

龙虾那些事

每年夏季宵夜的时候
我都会点一盆小龙虾
也就想起了你
小脸红彤彤的样子
我知道你只吃蒜蓉的
还必须是潜江的清水虾
你吃虾的时候
我就偷偷看着你吃
边剥壳边吮吸手指
然后一口吃下
那样子真好看
有次你突然问我
你怎么不吃呀
我说我想
全留给你一个人吃
然后我俩都傻傻地笑了
武汉的夜空下
星星都眨着亮眼睛
后来你回了潜江老家
我害怕被淡忘
每年夏季都会把你
吃小龙虾的样子
在心里狠狠地重想一遍

在潜江，我看到一条河的隐匿

地图上，我怎么也找不到你。你是隐匿的
能看得见的河有两条。汉水，东荆河
或许还有更多，都在这块土地上默默流淌

事实上，很多的存在只为一次消亡
或说献祭。不是要留下，或让你记住
生命里的血液多半不是为了自己而流光

有些时段，比如春夏汛期，就会看到
无数的水流汇聚。从眼前奔涌而去
奋不顾身。从一条河投身到另外一条
它的下一个方向，是我的未知

生命是如此相似。我们懂得避让
投身父母又要从母亲的子宫里掏出自己
最后还不是一样重蹈他们的一生

在潜江，我看到了一条河的隐匿
它分明存在着。依然是那么清晰
那么多的人在潜江大街上走着，像流水
那么多的人在江汉平原上交融，像投胎

雷雨潜江戏中戏

韩墨（江苏）

1

戏剧盒子里藏着惊讶、刺激，和未知
打开盒子，游戏开始了，时间开始了
在老戏台上，少即多，无为有
每一句台词，都是命运的谵语

此时此刻的真实，不可重复的门
由此导向真理，导向空和虚
同样时空，有人演戏，有人观戏
在场即分享，节奏浓缩人生

2

呈现和诠释需要高度，五分钟才能
走到舞台中央，没有一个动作是随意的
时间浓缩为一个无限的空间
戴上面具的 刹那，停止呼吸

远古的歌舞演绎故事，如同结绳记事
先秦俳优汉百戏载歌载舞的水袖
唐参军戏宋南戏有说有唱的范式
元杂剧清京剧有文有武的行头

3

以有限写无限，三一律的《雷雨》里
有蝉鸣，有蛙噪，有大雨将至
苦夏之后，风雨交加的心电图
小小一句台词，都能点燃话剧的能量

月亮上升，母亲遗留人间的折扇
落在戏台上，有人月下读诗背经
读古希腊，读莎士比亚，读易卜生
站在人类的高度呈现人生存的困境

4

理解你的不幸，同情我的痛苦
他的悲悯，无可奈何又无处可诉
谁的心中住着伪善的周朴园
蘩漪爱情的火焰，是烟花还是毁灭

四凤重复侍萍的命运，鲁大海和周萍
同母异父，人生的变形记
早在人之初就已经设计好剧本
落日黄昏，人生会如何反转

5

日出后，谁出走原野，如同娜拉
以有余奉不足，陈白露轻如露水

重于月光铜钱的光斑
鸟笼里啾啾雀鸣，不足为人之道

谁躲进澡盆里读书，读一时强弱
读千秋胜负，读《红楼梦》解读人间词话
有人读关汉卿，读出铁剑铜魂
这戏剧性的冲突和张力，如同雷雨

6

《雷雨》里有易卜生，有奥尼尔
无一字无来历，无一人为九州魂
在虚拟的空间非虚构真实
自序自有气派和气度，开眼看世界

谁无奈一推窗，就戏剧中国
就巧合，就惊艳，就红绸袄、黑缎裤
灯光如漆，刷出舞台的深远与高度
循环性的雨，随风潜入夜

7

像古老的俄狄浦斯王诅咒
谁执着，谁凝视，谁对谁错
三十年来老家具，泛黄的相片
他怀念如云的梅小姐和如烟的往事
祭奠曾经年少，热烈燃烧的灵魂

相爱却不能相守，三十年后

与儿子反目成仇，相见即永别
虆漪在反抗什么？反抗本身就让人着迷
谁的人生不是从模仿开始

8

小城安静，水潜入江，就孤帆远影
掐指细算，我已在空中剪出飞翔的姿势
多少年弹指一挥，犹记脚步踏出的山水孤独
唯有潜江让我心安，楚辞月亮分外明

曲米茶浮动黄昏，火烧粑的落日
可油焖大虾，尝相思，常乡思
那年油菜花黄，荷花红，谁在田埂上
踩出蟹步，水田如镜，恰好发呆

9

小龙虾在宣纸上，划出诡异的弧线
章华台上的，可是戏中戏？
一杯古井贡，捞出一摞湿漉漉的水镜子
黄鹤楼上东方的莎士比亚，极目楚天舒

打开潜江的梨园，抑或与曹禺的交谈

温勇智（江西）

1

给梨园浇水，是潜江的日常行为
你在梨园收集雨水，收集鸟鸣，收集箴言
树下有你栖居的屋舍，远离了喧嚣的召唤

迷恋花香，我怎能不闻香下马
就算从来没有打过照面，就像你从没回过故乡
那份炽热的爱，也会长在梨园深处

黄昏近了，《河西村的故事》正在上演
更多的梨花，像雨水一样落下
唯有你手里的那一片，遮掩黑的光芒

2

我看过的《雷雨》，有我没有经历过的风景
把我从头到脚从外到内浇洗过透
它有磅礴的美，扣人心弦

剧院曲终人散，院门却没有锁
潜江仿佛深谙我的癖性
我站在树下，身体长出梨花

谁又能轻言一朵梨花的分量
当潜江每一朵梨花开放
你还活着，凋零的只是你的影子

3

相对于《日出》的蓬勃
你和潜江一样，把苦难、磨难和沧桑背在肩上
梨花在笔中次第，疼痛的人灵魂飞渡

“太阳升起来了，黑暗留在后面”
那些从《日出》里散出的热还在持续
你说过，会找到像太阳一样的人

在《日出》里长出的梨花
在江汉平原招展，解读“水乡园林”的底蕴
我怎么感觉，我像梨花离不开阳光

4

《北京人》在我的世界里，就是一片混沌初开
“活死人，死活人”，浮现于朵朵梨花中
只是我不知道，一朵带雨梨花的柔软
会是猛烈的撕咬

唤醒早春，那像梨花的瑞贞还在绽放
谁也不能阻挡一场春风的无限憧憬
就如奔腾的汉江，穿过时间的纵深

把历史写成潜江的名字

且忽略那些精神的空虚，和道德的沦丧
有梨花忽紧忽慢，在时间的经纬上思考
当我伸手欲接的时候，你背对着我
站在潜江的对岸

5

马昌湖畔，梨花迷离
《王昭君》《屈原》，掀起我心底的一阵阵动荡和不安
你的《胆剑篇》呢？你的《艳阳天》呢
让我翻阅它们，就会有《蜕变》
就会有《明朗的天》

哎呀呀呀，星罗棋布的谜团
怎的一个风吹梨花，馨香又迷惘
它的腰肢风情万种，不带一粒尘埃

还是步上你的《桥》，《家》的歌谣若即若离
你伫立在岸，让人想到一朵孤云的游荡
而那任性的天空，仿佛正要下雨

6

鸟知林，树知根，人知亲
你说“我是潜江人”
故乡的月，从眼眸的深井升起
你有很多时刻的如泣如诉

“明月故乡晓钟，犹如相思梦中”
有细微的呼唤，从潜江传来
故土在上！明月是你心上的灯，梨花是你心上的魂

月溶溶，梨花飘雪
在潜江，以你名字命名的名称很多
曹禺公园、曹禺广场、曹禺纪念馆、曹禺戏楼——
开遍我的视野

7

从《原野》的胸膛掏出梨花
让绽放，成为一种简单的绽放
抑或抓住一瓣梨花，就抓住了一段历史

2004 平方公里的纸萱，应该都留有梨花的香
潜江的梨园，种植着东方的莎士比亚
当我在你的墓前伫立，无数朵梨花就在我头顶绽放

就让我在潜江做一朵梨花吧
安静下来的时间，就在光晕之中幻化
就像你用八十余年对潜江的爱意、诗意和光芒
变成一朵真正意义上的梨花

潜江三首

辛增路（陕西）

曹禺公园

曹禺公园正在午睡。夏日的蝉声
通过树叶的折射变得更加安静
水边的垂柳摇着蒲扇
为梦中的公园驱赶多余的蚊虫

对面的白塔直立着，像一位哨兵
将笔直的影子倒映在水面上
有它的守护，湖面的水更加平静
水面上的莲花更加清香

风起了，湖面掀起层层波浪
梦醒了，游人为它献上甜美的歌声
欢笑的公园更加明艳照人
每一朵浪花上都闪烁着耀眼的水晶

太阳偏西，树木把长长的影子投向湖面
也加入这欢快的游戏
撑起双桨，让我们从夕阳的边缘划过
把影子留在湖中，把湖记在心里

湿地公园

天并不吝啬它的蓝，水也不会
夏天不经意间将自己的忧郁流露得淋漓尽致
而云不知什么时候悄悄地走开了
来到这幽冥的屋顶上晾晒它的翅膀

它们将黄色的长腿伸到水里
站着静静地望着田园如一块大理石碑在守望它的前生今世
但是偶尔，它们用自己的长嘴衔住一条鱼
如同抓住一个灵魂，得到了重生

它们用自己丝绒般的胸脯洗涤波上的蓝
缓缓地驶去如同一只剑划开死亡的深沉
但死亡无处不在，在它们的后面又弥合了
水面关上它的大门如同关上生的大门

终于，它们飞走了，如同天使归去
终于和藏青色的天庭融为一体
它们的影子是这个湖面上闪过的一个幻影
证明生命的存在并非虚幻

潜江森林公园

那些沉默的树木，犹如沉默的巨石
站在那里纹丝不动
纵使风吹进来，它们装作不知

依然不承认自己是生物的本质

它们开花，结果，繁衍生息
生命的唯一目的只为活着
它们享受人工的栽培，浇水，修剪
被随意打扮成古怪的模样
它们欢笑，赞美，整齐划一
因为这是它们唯一的命运

枝叶茂盛，密不透风，形成一堵墙
或者笼子挡住光和一切新鲜的东西
偶尔会有一只鸟或一只昆虫
用嘴来啄开这腐朽树干的表皮
那些沉默的树木立刻会齐声制止
如暴风雨来临前的雷声

平原四章

田晓隐（湖北）

花鼓戏

词语的空隙，咿咿呀呀的唱腔
戏台如塔，戏比天大
闹台锣鼓笼罩四野
看戏人成群结队赶来，如同奔赴盛大宴会

“在茫茫原野那一边，
在渺渺来世那一天——”①
戏台上锣鼓喧天，道场上人潮涌动
水袖轻抖，唱腔拖着长长的尾音
拂过秋阳下的江汉平原
金黄的稻浪随着音符晃动

“苦树年年长，宿怨日日深。”②
拖腔忧伤，金子眼睁睁看着
仇虎和大星了结十年恩怨
对杀的时候，生无涯而路无垠
大星使出了一把木头刀
看戏人惊叹着出人意料的剧情

---

①② 根据曹禺名著《原野》改编的潜江花鼓戏《原野情仇》唱词。

锣鼓停，胡琴止，弦音静
金子背负一生爱恨
留下了无数悬念，无尽牵挂
一曲终了，残月斜，树摇曳
看戏人三三两两散去
心中藏着一粒金子，散落在原野深处

三部曲

雷雨之夜，失眠人用尽借口逃避孤独
想在闪电的裂缝中重新打量
努力让自己爱多一点，恨少一点
称不出斤两的雨击打平原
称不出重量的爱情挂在墙上的合影照里
握不住闪电枝蔓中一瞬即逝的情缘
有的人却在雷雨之夜，从戏中抽身而出
为置换的角色而颠倒，失魂落魄

日出之时，慵倦的人获得新生
瞳孔放大，映出绚丽又显清冷的舞台
充满隐喻，刹那芳华
草尖的露珠里端坐着一个青衣
吟唱着销魂的地方戏
仿佛舞台已失去了界限
人影跌跌撞撞，奔走呼号
悲喜终将沉寂，幕落人不知归处
日出，一颗催促着睡回笼觉的药丸

原野之上，打灯笼的人四处游荡
趁着夜色喊魂，归来吧
原野上渔火点点，像一双双寻找的眼睛
有人夤夜追寻爱情，披头散发
有人在长久凝望，重新入戏
悲欢离合中开腔诉衷肠
词是新词，曲是新曲
弯弯绕绕的拖腔忧伤啊，人却换了容颜

平原深处

在地图上检索，一个忽略不计的小点
被整体搬迁的村庄，一个时有时无的肉疙瘩
肉身无碍，便不需要剜掉
在记忆中检索故乡成为一种疼痛
撵着夕阳走进平原深处的老人
皱纹里游动着鱼，鱼鳞泛白刮磨着岁月
皱纹深处的月色里有荷塘、莲蓬
空气中倒悬着连枷击打穗子的声音
此时，禾苗青青，绿浪翻滚
如同探寻者的好年华，也许在一场酒后
穗子因饱满而低垂，向大地叩首，探寻者
落寞地倒退，成为心有不甘的古人
或者羞愧，一株禾苗因土地而脱胎换骨
石磙碾压稻场的声音，硬碰硬的蜕变
对着祖居角落的三口旧水缸怀古

热衷于描摹背影，水缸倒立便是悬钟
过河的人压低毡帽，终于还是离开了故乡
一畦黄豆是一副镜框，待到河山被秋风涤荡
黄豆一粒粒蹦进瓷碗，看人间高谈阔论

雨落平原

雨落在棉花地，如落在祖母的头上
那么白，却又雾蒙蒙
那么轻，像一段需要回忆很久的岁月
祖母的样子已经模糊
那一头白发，却是我最纯净的童年

斑鸠在雨后咕咕叫着，此起彼伏
唤醒静谧的平原和深度睡眠的人
渔夫们趁着雨歇，下笼撒网
鱼虾，在人间烟火里伸展腰身

割芡实的手，被划出的血珠
滴落在水中四散如花
鸡头米桂花糖水，故乡的味道
晶莹如玉，在童年的记忆中

一个孩子独坐水边，眼球倒映着风景
在眼睑闭合之间，平原四季变换
慢慢储备为一生的回忆
不知在哪一刻，又慢慢忘记

潜江：云梦与戏剧

震香（黑龙江）

章华台遗址

云梦已散。只剩下江水畔遗落的
屈子的诗词，还有这一墩土台
暗红色，像生了锈，像一片陶，紧覆于泥土

曾经的天下第一台，被大野消磨得
低于荒草。我只能从，台址密布的孔穴
猜想它的雄丽与奇巧
一根根香樟木的雕柱
向上延伸，支撑起春秋的酒爵与兵戈

书中记载：它如此高，登上去，得休息三次
而我从远方，从二千年后走来
何止休息了三生，又三十次？
史书另载：宫中锦绣
住满了细腰的女子，又名：细腰宫

这大概便是遗址旁，荻芦消瘦的原因
它们纤弱的腰肢在风中摇曳
仍模仿着翩翩乐舞，把一个楚，演得悲情悱恻

望着那些幽幽的孔穴，我不禁怀疑
章华台并非倒了，散了，焚了。而是如白鹤
从人间拔腿，飞到天上去

我是潜江人

短短数百字，却颗颗情深
病榻上的老者
以颤抖的手，写下倾斜的乡愁

东方的莎士比亚，戏剧的光辉点亮夜空
人间与人性，拆解成台词与灯光
但我认为，他最深沉的悲剧
却是这篇《我是潜江人》
毕生未能回到故里的曹禺，如舞台上的
悲剧英雄，在绝境中朗诵着独白

他曾写诗道：我家世居马昌湖，荷花深处是吾庐。
十几代的祖居，向他召唤
把碧波与荷香送抵他的心坎
塑造命运的大师，晚年提笔，明月般
为自己，补了一张出生证明

雷雨广场

我以为雷雨广场，只有雷，没有雨
只有一部伟大的戏剧

在古云梦泽间振振发声。当我到来，却看见
无数水花，在夏日的天空飞溅，组成
水之戏剧

跌宕，破碎，交融，离散……这些从喷泉里
涌出的水，仿佛被谁，往世上推了一把
身不由已沿着轨迹飞洒
水珠捧着光的台词，认真诵读，然后又
纷纷退场

这连接着楚王云梦的雨，连接莎士比亚
与古希腊的雨
悲欣交集的雨。润物有声，言词斐然的雨
圆形的广场，如一面石鼓
无数的命运飞身撞击。但雨滂沱，雷无声

马昌湖

古云梦泽的一角，马昌湖仍在楚王的梦里
泛动涟漪。
岸边生满了荷花，几乎看不到水
接连的荷叶，似碧绿的章华台，
荷花像细腰的舞女。一只灰鹤，屈子般孑立水畔

走过石孔桥，曹禺祖居地
一片粉墙黛瓦红灯笼，复建的楼阁，依照着
族人的记载。自明朝万历年间，

十几代人，在湖畔如荷花盛开，如莲子繁衍
如莲藕天各一涯，却丝缕相牵

粉色与白色的荷花，悲剧与喜剧的人间
爱这一朵，也爱那一朵
水面雾霭飘荡。风，刚吹过古楚国巫师的面具
又吹曹禺大剧院的灯盏
二者谁能把命运，阐释得更贴近命运？马昌湖
你捧出月光，又捧出星光，必有缘由

观花鼓戏《白蛇传》

小青高举着龙泉双剑，要刺许仙
白娘子横身，挡在中间
小青不罢休左绕右转，许仙跌坐于地
手脚并颤。急促的锣鼓骤停，白娘子
绣口一张，唱腔如西湖水，倾吐而出……

千年的苦恋，恼人的佛法，看多少遍
也愤懑不平。瞧，白娘子身段婀娜
手眼，头饰与嗓音
从昆曲到京剧，从京剧到花鼓戏
仍楚楚可怜，痴心不改

许仙在诉，白娘子在听，小青提着剑在等
矛盾与冲突，戏剧的要素
安排下眼泪

我知道接下来，该是白娘子身困雷峰塔
是小青仗剑金山寺

哦，小青！你青得无邪！也应出手救一下
这多情的花鼓戏，救那敲锣的，打鼓的，拉弦的
救这珠冠，水袖，唱腔……
救救我们的耳朵，与平庸的生活。暂且放过许仙吧
他还有一段磨难要走

暗夜中的鸟

——《雷雨》印象兼怀曹禺先生

杨义祥（湖北）

没有风，没有声音，也没有滚过的乌云
一切平静，如周公馆[①]远去的背影……
黑暗中，你坐在窗前，案前的稿纸铺开
像是要等待一场洗礼一次临盆。你的目光，如电……

秋风开始招摇。捕捉到黑暗的气息
你的触须在不安中躁动，你看见越来越近的云
被染成乌色，一点一点地，在头顶凝聚
大色灰暗，像这树、这城郭、这摇摇晃晃的人间

黑云压城，乌雀乱飞，冷雨滂沱。
潇潇暮雨中，许多生灵在幻化、在流逝……
子规的啼鸣，于林梢深处飘来，仿佛
为这个沉沦的世界，招魂……

一切都是象征。雷雨撕开的夜幕下
故事多么凄婉，寒冷就有多么生动，经久不息……
你年轻的笔，止不住颤抖。
那是尘封了十万年的雷霆，在抵近心门的一刻

① 周公馆，《雷雨》中男主角周朴园的住宅。

它冲决了闸门，一声霹雳
炸裂在，我们的头顶……

暗夜中，有翅膀在翱翔，巨大的阴影掠过
雷声挟裹着雨声。有身影在奔跑
有身影在号叫，有身影跌倒
有身影溶化……只见你
站在高高的水杉[①]枝头，一声一声
呼唤悲悯，打捞人性或者浅浅的黎明……

我听见你的长唳，是在时光流逝的午后
你这只不死的神鸟，在雨后的原野上
在日出之前，一片炊烟，几丝惆怅
漫过江汉大堤，袅袅盘旋……

我看见无数的朝圣者，一茬一茬，一拨一拨
叩开梅苑[②]的门扉……
天，晴了……

---

① 水杉，被誉为植物王国的“活化石”，潜江市市树。目前潜江境内有世界上最大的人工水杉树林。

② 梅苑，潜江园林城区曹禺先生祖居博物馆所在地。

曹禺，一个人一出戏

方应平（安徽）

1

沉思，润泽潜江的肤色，播种一场戏
翻开历史的韵律，或长短不一的句子
又推开，云梦泽一角，湖水悠然
时光在慢沉，宝贵的人文景观在沉积
收拢的落叶，潜江园已入秋天
曹禺故里在风中秋色，雕琢或浣洗词语
一场雷雨，改变了秋天，水乡园林的美
秃笔写下一笔深思，日出东方了

2

又在水乡园林读懂铅字，在休闲里燃烧冶炼
一个人在写下潜江新貌，演绎生旦净末丑
掀开雨中龙虾乡，大地在辽阔里诵读剧本
曹禺祖居的博物馆，在江汉平原写景或写戏子
风筝的自然翱翔，那是风和历史的声音
又雨中下落人间，流经潜江每一片动词里
用曹禺这颗名词，在汉白玉上雕刻或隽永
一个人的风，吹拂大地一出戏
潜江卧藏时尚，开始搬运时光的剧情
加重一个人的才华，远方或近处打坐或波动

3

雨的声迹，在曹禺故居洗刷，沧桑已去了
一朵花，一朵梅花，在写就文化的字粒
订成一册线装的历史，在风里装满潜江
风声在收起一个人的旧影，推走一年年
一个人写了一生的戏，也演了一生的戏
一粒云在潜江，开始缩影，小成一张名片
名片上印染了一个人一生的波澜
熏陶的每一页戏剧，每一粒汉字都在感叹

4

时光，走了很久，戏剧却越来越年轻
千帆下的人海，一个人在戏说人间
潜江的史上，从瓦砾上写下风雨
陈列馆的每一个声音，如同王昭君的外貌
又在煮沸一个大时代，而许多年的演绎
正在按部就班，开往下一个收获的秋天
公园的丽色，郁郁葱葱，泻影人间
一个东方莎士比亚，永远在这里一个人写戏
捞起马昌湖的醉态，心灵宽怀 106 公顷
起伏的梦，一场场春华秋实，在舞台上一个人演

先生，借一种温度与你重逢（组诗）

杨江涛（江西）

飞雪记

雪花洗涤的厚度，酝酿在一月，我在二月穿行
他看到，父亲种植的雪松、白杨，与我亲近、别离
那些年，夕阳会在落下之前收回稻谷的骨架
用另一种方式，敬畏冰雪褪去后的温柔

群山会躲在严寒里，守护每一场生灵
光着脚的橡树会在日出之前接受雷雨的蜕变
那些刻在魂魄里的文字，有多少笑声和谈话声，大雪盖不住
像汨罗江的衣襟，会各自成诗

我想，文字的世界至真至纯
我想，戏剧泰斗，终将随着河流蜿蜒、拾起羊群的流言

日出

今日，中秋和国庆做了和解，流人独自写着诗
南方的小雨走过北方，饱含着文人的格调
鸦群带着梅花的问候，为逝去的名流，为古中国的段落

日出之前，我们嬉笑着看农夫的锄和脚印留下春秋

日落之后，我们静静地听着年长想着远方和她

江水瘦故乡遥

石松指的方向，聚拢近距离的辽阔
问这江水浮躁过几个春秋
记得那年，鸭蹼会印在戈壁滩上，陌生中带着几分悲愁
像一位老翁，讲着岁月清瘦、斑驳，故乡在彳亍，一步一遥

我看到后花园的玫瑰，蜷缩成一团，守护一份鲜艳
我读着经典，从凌晨到天亮，数着江水到故乡
她说，这波江水，我走过，就如这江水孕育过大海

后来，我试着在黑夜寻觅故乡的深意，油柏色的灯芯
燃过，燃过仅剩的黑，燃过不苟的腥臊

偶作潜江人

爱磨糙了母亲的手，洛河桥呼唤，从雷雨诞生
我静坐在汉江对岸遐想，有一天，我穿过建筑群，卸下一身名利
走过教堂，了解世间真挚的爱情，流下最长情的眼泪
告诉年幼的自己，留下的或舍弃的，你侬我侬的诡折

终于轮回十月，我走到潜江取一杯江水予以回敬
人潮在拥挤的道路两旁分开，我是潜江人，一衣带水
正如我和先生，借一种温度重逢

尝试斫伐更高维度上的裂隙

如今

如今，晨曦的灯塔被春风拧亮，过路的行人有时悲悯
就连城市的魍魉感慨，抵角会作诗的碑林落在山一头，
长眠地下

如今，我们触摸大山的薄膜，修炼失去重量的人格
我蹀躞在乡隅小路，迎面走来了忙碌的父亲，抱着儿子

如今，我在深夜里，看到雨雪停驻，梅花思乡
我忘了，我记不得今夜酒酸了，多少年轻人奔走在生活里
我知道，城市的灯光不够亮，黑夜里有多少背影
他竟数不清

潜江册页（组诗）

鲁绪刚（陕西）

潜江森林公园

雨水刚刚过去，层次分明的
水杉、池杉、白杨、墨松、广玉兰、银杏
清晰地呈现出厚重的原始特征
有着岁月走过的痕迹
附在每一片树叶上的风声与尘土
试图掩盖时间踩出的脚步声

风吹过汉江、东荆河，吹过江汉平原
慢慢审视一路走来与岁月擦肩而过的山水、建筑
隐于尘世的深红或者深绿
我已经爱上潜江，爱上这片山水
爱上清新的主题，爱上朴素的姿态、明澈的眼神
而此刻时间盗走了火柴
把几颗孱弱的星星留在天空
藏在泥土里的阳光，时时刻刻想挣脱束缚
完成一次涅槃
如此巨大的画卷经过时间的手呈现出层次
森林与山泥土不变的承诺，为完成这幅画付出了青春

这里的每一棵草，每一滴水，每一道堤坝

像一个人的一生充满了跌宕，充满了惊奇和未知
丝丝缕缕的淡烟轻雾，像一个人在尘世昏暗和神秘
不知道会在哪一个路口走失。
而我选择了在曹禺陵园、桃园、活化石水杉旁
揉洗浮躁的肉体和灵魂
风扬起的沙粒坚硬一如深冬的风刀
一刀一刀地砍掉了心中的柔弱和本质中的温软

生命的循环往复，让时间里沉淀的文字深邃目光
那些活化石水杉、池杉、杨树王，编织着不屈的图腾
让潜江森林公园这幅画卷一路走来，纵横捭阖
敞开宽阔的胸膛，经受雨打风吹
在岁月中抱紧了骨头和命运

返湾湖的荷花

在返湾湖上荡舟，荷花的教科书
依着湖水的光芒，依着月光的顺序
晾晒清纯，馨香与真情
植物是泥土说出的话，花是美丽对世界的承诺
荡舟在荷花之中，我和返湾湖都是活着之水

时间的脚步已经茫然，返湾湖把大把大把的好词
给了细浪之弦弹奏的广大之域
抒情或者独白，都将深入骨髓和内心

道路的蛇是我们无法躲避的命运安排

绿色涂在路标的指甲上，亮丽至极
被月光射中的返湾湖，我被一朵荷花挽着
吟诵着杨万里的：“接天莲叶无穷碧，映日荷花别样红”

在返湾湖上荡舟，荷花的教科书
每翻一页，都是一处新鲜的风景
多么辽阔的气势，多么幅员的画卷
多么干净纯粹的碧蓝与荷红
我望着湖水，湖水看着天，天空下景色绵延

潜江水杉

风就是我们的亲戚，温柔、亲切、和善
从不凌驾于生活之上
仿佛茫茫旷野的孤独身影
把寂寞藏于内心，把歌声唱给人类

就是这水杉，犹如我们撕掉的一页页日历
岁月暴露出了软弱和无奈
亘古的水杉坚持用伤口擦亮自己
我们赖以生存的生命的泥土
埋葬我们也给我们生长的力量
欲望在这一刻被压抑被消弭
时间不满足这样被迫的选择
报复着我们的肉体和骨头
骨髓和脉管是我们走向远方的道路
剩下具体的事物本身。仿佛奔波之后卸去的红尘

卸不去自身的痛苦、遗憾和热爱

与潜江亲近，与自然亲近，与水杉的人
包括泥土和故乡，包括亲情和思念
拥抱着无限的生命与渐渐老去的时光
以及慢慢被掏空的思想与肉身
与我们擦肩而过或者相撞一下
带着疼痛或寂寞，消融于茫茫旷野

只有灵魂一直想开口说话
尝试接受这些散落的语句和修辞
彼此说出内心真实的感受
就像必须要喝的一杯苦酒
选择哪种喝法此时都不重要。
一片水杉叶正擦着我们的颅骨落下

曹禺，风暴处理者

北野（河北）

曹禺，风暴处理者

大海弓起脊背，墨绿的，有尖刺的
脊背，一座山在形成
另一座山的形成被瞬间摧毁
它肚子里藏着闷雷，闪电被挤出
突然击中天空
乌云可以吸入一片落叶，乌云也可以
吸入一个战场，一片墓地
或者几个被旧时代遗忘的人
在高处的深潭里，它们被洗净
抛出，落在地上
变成两个湿漉漉的人：生者和死者
无耻的，生和死
它们拥抱在一起，难解难分
陷入一场无休止的厮打
像两根相互噬咬的涡流，它们
扭曲一团，巨大的柱子
乌黑的，金碧辉煌的城市和人群
被挟裹其中
我们看见它的脚，在天空里晃动
这一幕，寂寞又缤纷的戏剧

而我在远处旁观
我只能旁观：我是风暴处理者

柞木琴

柞树长出木耳的时候，松鼠巢底
堆积的果实正在变成酒
晴日子木耳自己收回
雨日子它们就是肥头大耳的魔术
只有酒在地下暗流涌动
风一吹，草木都变得香甜又透明
着迷的时候，我在梦中就望见了它们
我知道它们会从
枝丫和落叶里出来
沉实的穗子，皮质里的水晶
泥水旁犹豫不决的狐女
都有贪欢的心
我抱着一坛好酒，在房子里独饮
廊柱上，木耳正在长出
黑黝黝的，真亮，它突然一抖
我知道山下有人来访
那些枯叶一样的访客
小心翼翼地站在草寮外
在月光下轻轻敲门
谢谢，这个秋天多好呵
它赐我以鬼友和美酒
我回它，以明月和琴声

云雀飞：致曹禺

我带着你飞，一直飞入蓝天
然后一层层坠落
那些地狱的收集者，拉着我的衣袂
落入鬼卒之间
我知道秋风凛冽
长袍短袖，被你吹翻
我知道我在石磬中，一遍遍敲
像敲着星空的鼓面
而彩虹是一把弯刀
走在刀刃上的人，总是踉踉跄跄
我看见的原野一望无际
它们被转移到了白云的山冈上
此时的树顶和人群，都是倾斜的
为命运和季节所引诱
他们冲着一面镜子大喊
我来了，我来了
一群插着羽毛的躯体，在天空中
像烈士一样
被风声拆解得七零八落
我接住的，是自然主义的泪水
和流星的碎片
我听见的，是头顶上的一阵呼哨
突然又返回了蓝天

漫步潜江

程东斌（安徽）

1

人在城中，却一再确信
密集的鸟鸣将森林，搬入了城市。人在绿荫下
行走，身体就穿上一件不会褪色的衣裳
夏天清凉，冬天温暖
飞鸟从一簇绿飞往另一簇绿，从一行绿飞往
另一行绿，连飞翔的弧线也是绿的
将一座城的生态典籍，装订成册。钢筋水泥与砖瓦
是一座城不可或缺的铠甲
铠甲包裹的一颗心，早已皈依生态，并充满活力
在铠甲之外广植树木，生长的声音，悄无声息
当葱郁的森林代替一座城的呼吸时
潜江的坚硬部分，就会消弭殆尽。枝头的飞鸟
常常与市民对话，并不存在阻滞
以济世的语言交流，共同谱就一部生态经文

2

一湾活水入城，激活了潜江的记忆
湖泊密布的梦，终于醒来。引江济汉的活水
注入充满渴意的城池，汩汩的饮水之音
俨然成了失而复得的音符。有人谱曲，有人吟唱

有人用一抹绿影，穿起一滴滴水
做成珍珠项链，挂在潜江的胸前。水与一颗城市之心
很近，水滴的清音就和心跳混为一谈
人水和谐、林水交融
碧水照出人影，人影可绵延成森林
碧水照出树影，树影便获取血肉，在人间行走、布施
在林中听鸟鸣，听出一座城肺叶的翕动
在城中听鸟鸣，听出森林脉管涌动的潮汐
鸟鸣落在碧水上，可点校出潜江前世与今生的镜像

3

兴隆水利枢纽，一座拦截汉江的大坝
心存济世的情怀。汉江枯水，库区丰盈
截流汉江，于治理中复活了一种高蹈
在大坝行走，可以听见一条江骨头的吟唱
身陷枯水期的汉江，托举起碧波浩渺的库区
养天光云影，养两岸灌区的饮水之音
养通航的诗意和远方
一条大江的落差，就是水的落差，囤积奔泻的力
生发电流，点亮人间万千灯盏
以及潜江滋养在水里的一片星空。在大坝行走
有人在渡江，有人在观光
渡江的人看到一面淼淼碧水，无须多言，便已心安
观光的人其实是站在一根巨大的拉链上
慢慢行走，慢慢地拉开一幅诗情画意的卷轴

4

返湾湖的荷香比水域还要辽阔，沁人心脾
也占据了心脾。花蕾像一支支鼓槌
轻叩水乡的鼓面，发出的声音与风吹莲叶的响动
是近亲。轻叩大湖，隐隐传来刀枪的碰撞之音
大湖，收缴了历史的迷雾和悲怆的呐喊
碧水，弥合时光的裂隙，一边润泽、滋养
一边编织潜江的曲谱，为水乡代言、歌唱
开放的荷花，以一盏盏佛灯的悲悯，矗立于水域中
由内而外散发的光，照亮返湾湖的册页
册页一层又一层，字粒是鱼虾、龟鳖，于沉浮
与游动中，引领诗情画意，向潜江更澄明和柔软处
漫溯。水鸟从一座亭子
飞抵另一座亭子，从一座岛飞抵另一座岛
像在返湾湖硕大的棋盘上，挪动一颗颗绿色的棋子
对弈的，是人间与天堂

5

潜江森林公园的水杉，搭建出绿色的舞台
磅礴而幽深。绿荫中休憩、游玩的人，依然是观众
粉墨登场的，是鸟雀
对白与唱念之中，裹挟着负氧离子，入心、入骨
水系纵横的清音，是画外音
复述着不可或缺的故事框架，为水乡园林的情节
埋下伏笔
一代戏剧大师在森林公园里沉睡，他编写的剧目

不断地在人间上演
大师手中的笔，被岁月换成了一棵棵参天的水杉
蘸着绿，蘸着潜江的乡愁，着墨蓝天
不管是戏剧还是诗篇，都有亲人为大师续写
雷雨换成了甘霖，日出的光芒镀上了金粒

6

漫步曹禺公园，无论在日出亭中看日出，还是在
雷雨广场等雷雨，我的脑海里总会浮现出曹禺先生的形象
一位中国新文化运动的开拓者，被誉为
“东方的莎士比亚”的戏剧大师，抽出身体的闪电
激出一场雷雨，至今还在人间的舞台滂沱
角色在剧情中鲜活，观众在情节中感慨
雷雨编织的巨大珠帘，隔开了台上台下，却隔不开
观众与角色的对号入座，甚至是彼此交换
扎根人民的艺术作品，才会不朽
人间有多少舞台，就有多少场雷雨。舞台是移植到
人间的一片天空，那雨滴，便是甘霖和种子了

7

天赋异禀的少年，左手写小说，右手写诗歌
登上舞台，尽显演绎才华
读《圣经》，灵魂激荡，吹巴松管
他随着莫扎特、巴赫的灵感
漂浮。导戏、演戏，翻译莎士比亚的作品
吮吸与触摸间，曹禺握紧了一支蓄满思想和激流的笔
撰写而成的一部部作品，横空出世

剧情中雷声滚滚，大雨倾盆。舞台内外的人，都被淋湿
日出的光芒不属于剧中的主角，不属于沉睡的人
只属于早起的觉醒者。不管戏里戏外
《雷雨》《日出》以及《蜕变》《北京人》《原野》，不知
作品和舞台，哪个先抵达百姓心坎的悬崖
也不知，瀑布和泪水，哪个先夺眶而出

8

“舞台是一座蕴藏无限魅惑的地方，它是地狱
是天堂”。漫步潜江，我一再回味曹禺先生的话语
舞台是缩小的人间，也是放大的人生细节
艺术创作的艰辛，如同炼狱
在舞台上还原万象人生的苦和乐的人，才能体悟
戏剧天堂的幸福
从曹禺公园走过一遭，我好像也遁入曹禺先生的戏剧中
体悟了一回。我走出公园时
天空正在酝酿一场雷雨，赶在雷雨之前
我必须确认自己在潜江新时代的舞台上，是要做一个
角色，还是要做一名观众

情动返湾湖

成小二（湖南）

1

烟波浩渺，人退湖进
潜江人在江汉平原，做了个超级预算
好心情一万多亩
返湾湖以夸张的手法扑向远处

一阵风，清凉了好几个省
黄湾藕做着香甜的梦
浪花飞起来了
一起飞的，还有湖面上带薪休假的云朵

荷红菱绿，沿着岸边走走
就发现，这是一场跑不完的马拉松
浪花里有喝不完的园林青酒
池鹭把人间的歌
唱得那么好听，让人心里有了不一样的柔软

2

这里是原始物种的天堂
兼容各种流派，高级别的鸟也在这里修炼
体形别致的白鹤、灰雁、青头潜鸭

甚至连游隼也来了
它们麻雀一样普通，在水面上练习人间的小游戏

鹭鸟盘旋，介于草书和楷书之间
翅膀下娴熟的技巧
挥洒天赋，卓越的胸怀涵盖天下
苇草搭成的鸟巢里
一定是找到了自己想要的幸福

脱下疲惫，这些鸟儿
被芦苇捧在手心
被湖水爱着
不管飞得多高多远
返湾湖一嗓子，就能把鸟儿喊回家

3

静悄悄的午后
风在假寐，白鹭带着异域风情
单腿立在柔波上
简单朴素，美的统治力
逼着所有的草木停下呼吸，蝴蝶藏在芦苇后面
海棠花放弃了绽放
坏人们都不在，整个浅滩醒过来
并交出时间，让白鹭一个人美
她安静地洗着羽毛
又洗洗影子，顺便把湖水洗得更干净了

4

被遗忘，不失为一种美好
青头潜鸭远离是非
高度戒备
这些最小的居民，和人类保持恰当的距离
在水面上成群列队
免打扰模式
因选择寂寞而更加从容
总觉得过于奢侈
一再缩小自己的领地
它们从不反对，别的鸟儿先过上好日子

5

莲叶渐宽，湖水变瘦
盛夏七月，返湾湖精致的封面上
绿裙摇曳，菡萏“腾腾”从湖面上站起来
让水有了骨头

这些大叶子美人，在湖面上敲锣打鼓
那么多蝴蝶在梦里扇动翅膀
翠盖红花，是凌波仙子火辣辣的留言

荷香入怀，莲子心也有苦味儿
幸福是自定义的
像这荷花
那尊者气象，全部来自水下淤泥的营养

6

孤独已成形，活在一个不被打扰的世界里
湖心岛带着孤悬的想象力
以小博大，从不参加比喻和象征
它们活在时间之外
接受浪花的抚摸，也接受鹭鸟的探望
这些寂寞的岛屿
在波光粼粼的湖面上
没打过针，没吃过药，也没被人间叫卖过
因为干净而爱上了自己
灵魂和肉身，呈现出两部分荡漾
让湖水有了心跳

7

原野安静，天空大得很
心更大
云朵顺从倒影之美
湖水抱起天空，映衬着辽阔的蓝
鱼群和飞鸟窃窃私语
梦作为内部参考
莲藕、水芹、茭白、菱角、芡实
以及螺蛳与龙虾
构成返湾湖的实用主义美学
而锅盔、花糕、炒米茶
卷翘状的二回头，更让游人有了辽阔的胃

8

湖水清凌，鱼虾有鲜活的思想
风儿弹起迎客的浪
成群结队的黄鲴鱼跟着小船后面
这里草木知书达礼，翠鸟张嘴就吟一首诗
蝴蝶展翅就飞出一幅画
潜江湿漉漉的身后
城市和湿地正在对接，人和自然搭伙过日子
站在栈道或廊桥上
做个深呼吸
多好啊，这里的空气是有营养的

9

从楚文化，到元末义军的呐喊
到叱咤风云的独臂将军
从避暑水寨，到芙蓉岛、百鸟洲、接官厅
到湖畔莲妃的梦
从半夏，到葡萄、西兰花、潜江大豆
见证了返湾湖宏大的传说

水杉迎客，草木围在岸边
湖水满满的，洗着人间的烽烟
顺便给鸟鸣续费
爱从这里起身，唱不完的谣曲
水生万物，周围的树木、村庄、楼群、婴儿的叫声
都是返湾湖一手带大的

夜读《雷雨》（组诗）

国际军（山东）

夜读《雷雨》

雨还在下。一架孤独的洋车陷入泥淖
一个泛黄的旧时代困在雨中
这沉闷的雷雨之夜，让所有晦暗的隐喻都找到各自的台词
让乌云找到闪电、树冠找到狂风、西洋格调的客厅
找到爱情和谎言
而主角迟迟不肯登场，一场虚设的宴席
一句被雷声打断的对白

低矮的天空像一封烧焦的旧信
教堂、歌剧院、周公馆、骚乱的矿区
纷纷从纸上划过，没有雨具、没有避风港、没有曦光
倾巢之下，鸟雀有跌宕起伏的命运
有一幕幕断羽的绝望和悲啼
世道人心，仍是一部写不尽的大书

需要呐喊、霹雳、悲悯，需要歌与哭
这蝼蚁般沉默的众生，这随时都会被点燃或熄灭的火
雨中的草木一点点凋零，断壁残垣隐藏着
瑟缩的暮蝉和呜咽的秋声
春天尚远，凌汛遥遥无期

曲终人散，各自领取情欲、伤感和愤懑，将舞台交给
更深更黑更空旷的夜
撕得粉碎的美、波浪翻滚的幕布、寂寥人间
奢侈的日出、灰烬
哪怕有一线微茫，都会照亮一段行程、一道缝隙、一个梦
你闭目沉吟，另一场雨在心底泛滥

再读《雷雨》

暴雨冲刷着旧式的厅堂，雷霆和闪电丈量着人性的刻度
纠结的情事、错愕的表情、未曾愈合的伤、梦碎了无痕
每一场悲剧都有一万种可能，而死亡只有一种
那就是：绝望

我看见绝望是怎样撕扯那个沉闷的下午
有人恐惧、有人激愤、有人试图逃离
这被雷电击中的尘世，地上的人们焦灼而扭曲
如同惊弓之鸟
人间狭小，已经放不下太多罪孽与苍凉

帷幕缓缓拉开，舞台昏暗，从远处教堂传来唱诗班的乐声
这一丝暖意，无从治愈河流封冻、草木凋零
万物尚需等待，雷雨过后，还世间一个朗朗乾坤

潜江风物记（组诗）

法卡山（湖南）

潜半夏

对一种植物的描述与热爱，来自古老的药典
它在潜江的山野等待夏日的来临，萤火虫
点燃戏台上的雷雨，潜半夏黄绿色的花苞里
盛满了雨水，它在听雨，听一个朝代衰老得
面目全非的哀叹，云朵里有蹒跚的步履
雨水随着苔藓蔓延至江汉平原
有人掌灯夜行，有人在噩梦中尖叫
有人在雨夜咳嗽，把隐疾还给往事
有人嚼碎半夏的根茎，和胃止呕
而我在诗歌里寻找失落的家园，推开
阁楼上孤独的乌云，星夜漫上来
在庭院里点一盏灯读书，温壶清酒
疏灯瘦影，祖母躺在竹靠椅上讲故事
镜子里的寂寞芬芳无比，那些潜伏于
荒野的人，像一枚枚有毒的半夏
天不怕，地不怕，唯头顶有神灵
半夏盛开，古宅里的月光澄明而饱满
我吃斋，念佛，人心通透，像一枚制半夏
性温，味辛，在药罐中煮沸世态炎凉
为欲望滞塞的人间燥湿化痰，寻找心平气和的处方

荆州花鼓戏

唢呐、边鼓、铜锣，古戏台上的音乐响起
咿呀的唱腔把人世劈成真实与虚幻
悲伤时，戏如人生。草木荒凉，瓦檐上
的狗尾巴草藏匿着寂静的露水、光阴的皱纹

老祖母啜饮暮色里的鸦鸣，在一出戏中
重返裹脚的前朝。落叶纷飞，庭院寂寂
天井里的天空有飞鸟掠过，闺房里的绣花被
有喜鹊在叽叽喳喳，唯镜中白发丛生

戏中人取来锦缎般的年华，笑哭人间
唯有相思令人瘦。井中的青苔
覆盖荒凉的岁月，咿咿呀呀的唱腔
再次吵醒宅院里空旷的寂静

潜江草把龙

五谷丰登。祖母在灯火下穿针引线
黎明的鸡鸣打开空寂的乡村
草把龙缴获了《春秋繁露》的初版
以及唐朝明月铮亮的心事
草把龙舞起来，寂静的山水
在酒中氤氲
江汉平原的马蹄与漂泊的孤独
加深了乡村的落寞

在龙腾虎跃的盛世
写诗，只会让天空越来越明亮
孩子们依偎着祖母听故事
喝一碗焌米茶，尝一口火烧粑
叶落故土，光阴收割了所有的传奇
但龙仍在祖宅的梁柱上盘旋

江汉平原皮影戏

融融的月光，在咿咿呀呀的皮影戏中沸腾
躲在草垛里的萤火虫点亮夏夜的灯盏
阴魂不散的帝王将相借一纸牛皮复活
站在黑夜里，世界仍是一个巨大的谜
星辰陨落，大地上的人们长眠于荒野
天空只剩下千古流传的帝王野史
草民仍在枯瘦的岁月里
呵护颓败的时间与速朽的肉身
逝去的光阴在戏台上醒来
草木般的夜晚，落满了悲伤的泪水
宿命中的村姑野叟
期待在一碗透亮的井水里回到故乡
重温旧宅的月光，以及族谱上耕读传家的祖训

潜江风物志，或与曹禺书

陆承（甘肃）

一

谁的闪电，谁的雷雨。我顿悟，
思想的多重衍生，
枝叶通透了露珠，日月表达了江河。

砖瓦构成，语言顺遂。此起彼伏的格局，
幕布垂下，幕布升起，
永恒而伟大的编剧，或上帝之笔，
勾勒三段式的爆发，
惊心动魄的、内敛的、隐喻的，
以及晕染了时代的夜色和黎明。

我承受：暴虐、热爱、缄默或叙述，
像某个人，衡越了人性、灵魂，抵达了尘世。

我步入曹禺纪念馆，
庭院儒雅，馆藏深邃，叙述或抒情交错了
建筑美学，汉江尽在胸襟，
澎湃的丝绸，花开四野。

我补记，闪电之花，照耀

一本尘封的剧本，一座浩荡的城池，
或一颗颗紧蹙的心跳。

仿佛预知，仿佛俯揽，
仿佛，你或我，
都是一枚不可移动的棋子。

二

水墨之镜，照我，
照万家宝的童年。欢愉、清澈。
我观水杉、池杉。词语的陌生化，
翡翠在天上飞，珠玉在地上走。

我经过，一面巨大的湖，
龙王腾跃，龙女娇美。童话
温婉了一条江，潜江。

我层叠返湾湖和借粮湖的风俗，
风拂过芦苇，拂过虚无和存在之蕴。
我不知道风继续会吹向何处，
而乡愁告诉了我未来的风帆。

流水诵读《我是潜江人》，
我临摹万物，或一万滴潜江之水。

奔涌之令，命令我，
成为东荆河或田关河的

一部分肉身。命令我，
浸润或速写 2004 平方千米的辽阔或绮丽。

我握紧时间之笔，刻画
上善之韵，汪洋恣肆，
或小桥之侧的晕染，
国画、油画，或朦胧深邃的象征派。

三

修远——又是谁的呼唤，穿越了
二十世纪的蹉跎，
簇拥二十一世纪的峥嵘。

修远——我誊写经卷，般若或炙热，
苍茫中，佛，来到我身边，
告诉我，俗世何为，何为俗世？

修远——我拜谒金台寺，拜谒
史册里的瓦砾，或涅槃的幽静。
山门之上，星月伴我，
禅堂之外，风雅添缀。

静谧之际，谁的低语，穿透云翳？
喧嚣之侧，谁的唏嘘，跌宕情愫？

马昌湖之书，徐徐铺陈，
一场激越而沉静的话剧，

一种深厚而澄明的表达。

家谱之光，照耀万家宝，照耀
《原野》，照耀此刻的虚构和镌刻。

敕造或咏叹，翩然了凤凰、天鹅和喜鹊，
洞察了云梦泽的浩荡和迷离。我是
远古的偶然，在今朝的必然里演绎惊讶和庸常。

四

致敬或模仿，一道闪电，一场雷雨。戏剧学史册的
扉页上，我问尊者，何为华美?
灵犀遵从律令，命运高于手谕。
舞台学教程的封底上，我试着
成为我自己想象的
那一面屏风，自由移动，或沉潜发光。

先生，暂称你一声万兄，在潜江的
物象里，你升为星辰，雕像，
在物质的边缘，探望消散的回忆。

先生，请让我永远称呼你为万兄，
年轻而辽阔的万家宝，正写下
《雷雨》，写下历史不可搬挪的刻度上
针尖般的疼痛或呼喊。

先生，岁月之上，故园宁雅，

一轮月，一盏日，一丛丝竹，
剃度或省悟了你，
以及你身后的敬仰和追随。

我翻阅潜江本纪或潜江列传，
那一页关乎你的燃烧，充盈而持久。

五

古典之书，拓印或窖藏
苍茫美学，参照园林或殿堂。

谁在高处说王的箴言。谁在低处
述神的旨意。而我，遁入章华台，
遁入潜江前传的副本，在堆砌的
瓦砾中，分辨珠玉或冠冕，
抑或，那磅礴于编钟的回响。

我仿佛听到洪亮而雅致的音色，
撰述楚国的浩淼或陨灭，
是一场飓风席卷了辉煌，
还是一阙博物馆寓意了更加深邃的陈列？

“风华物宝”，我纪实龙湾遗址的陶器，
记录自古向今的奔跑，记录一册册玉帛，
怎样坚守品相或尊崇，记录西北偏北的观澜或遐思。

词语统揽了城池，速率光华了大地。一条江，

或一座城，壮美了内心的修葺或筑造，
微小的桃源，花木芬芳，车辙迅疾，
荣耀或钟摆，介入十二时辰的守护和执笔。

六

繁茂的生涯，往上追溯，
或为石油的源头。骨骼消解，树杈幻化，
浓稠的气韵，兑换无垠的黑，
或无边的光。它照耀一座城的心房，
纵然疲惫、虚妄，羽翼盘旋，时令叠咏。

我编织锦囊或锦绣，编纂山河或盛典，
那呼啸而至的远方，以在场之名，
拓印万家宝的厚重或神采。

光华万里，花鼓沸腾。皮影戏
串起了看得见的正史和看不见的野史，
我扮演或创制，在万物的侧翼，
自我行走，走过山、走过水，
走过潜江的奔腾之印和沉淀之章。

小茶馆里，我听市井之声，
观玲珑之剧。什么是艺术？
生活感喟。什么又是生活？
艺术馈赠了苦涩之茶或甘美之酒。
我饮下。丝竹嵌入街市，我途经黑夜之灯，
晨光照耀崭新的生命或江河。

在曹禺公园（组诗）

许梦熊（浙江）

在曹禺公园

跨过双虹桥，日出在马昌湖上来临，
历史的大手塑造优秀人物
就像科技深入建筑，简约的结构
丰富的意蕴，他们展示这个剧作家的一生
通过每个重要阶段的手稿，联结这些
闪烁的灯盏，点亮他的新面孔；
“一个真正的人，应该用尽自己的才智
弥补他的同类的遗憾”，因为他
不能拒绝有限的生命的回应，
在离开人间的那一刻，必须坚定不移
他渴望着一线阳光，却把自己留给了黑暗。

潜江行

你永远不能找回她，在云梦泽的一角
历史的湖水缓慢沉积，她已经
变成一支楚国的歌谣，六个明亮的湖泊
就像竹笛上的音孔，时间的风
按住它，吹送远方与往昔，
我们梦见她，在黄湾藕和焌米茶的季节

在潜江无限的夜晚成为永远的游子。

东荆河

汉水挽住东荆河，东荆河挽住长江，
它们如同纽带一样形成丰收的云纹。
曾经的小康世界阡陌纵横，
连鸡犬的日子都安宁，
大大小小的围垸从水患中争幸福；
人们毫不担心，生活在汛期和旱季轮转，
牛羊在起伏的草坡上悠然自得，
从泽口镇到新沟镇，从白庙到仙桃市，
浩浩荡荡的东荆河昼夜不息，
它是潜江均匀的呼吸。

潜江十八拍

张远伦（重庆）

长江奔袭而来
在江汉平原找平
从天空的角度看去
它是我的一片好梦
万物沉静而浩大
无人机携带着辽远的镜头
为我定格好梦的光源
恍如在繁星中
找出亲爱的那一枚

我从三峡的骨骼中找到裂缝的出路
以大水的姿态
以水滴的虔诚
顺服于某种神奇的引力
向东方
在撕裂般的破局之后
有膏腴之地，等着我

它叫潜江
设若我的大水久久地潜龙勿用
久久地隐忍
而到此处，则冲击回荡

我作为拜谒而来的一朵漩涡
也开始变得浑圆

水是上不了岸的动物
可我执念已久
像一片涟漪变幻万种泳姿
靠近泽国的码头
烟波千里
我是来领取零距离的人
水岸线将大湖围困
银鱼弹跳，水星点点
如蛰伏多年一瞬破空的我

触须轻轻地划动湖的内心
你所不知的动静
在虾腹之内
生命中的蛋白质
就像是我诗歌中
那些一再被遐想的词语
尤其是那个叫作“温柔”的形容词
与潜水之“龙”
互为本命
我耗尽所有水域
只为收养那只沉默的小龙虾

挠，是靠近灵魂的那一瓣胸膜被触动了
潜，是小河沉浸于大河

心动
则江湖里，有我雀跃
鱼虾簇拥着我
我从来没有像现在这样
模仿水族的生活方式
安宁那么浩渺
每一缕微风，都在参与意境的构成

一个人站在章华台上
暮色一会儿苍，一会儿黄
那天际之下的孤寂
渺小而又盛大
撞向前胸的风
是楚风
粘贴于后背的微尘
是古意
它们的问候近乎永恒
我就要匍匐下来，摊开双掌
像在迎候神迹的诞生

登临，并非为了仰望
而是为了垂下头颅
古老的人力
有了长歌当哭的经历
便成为自然力的一部分
强大而无形
我只能像最低垂的那枚星辰

学习谦逊和缄默
把周遭的一切
哪怕是一株孱弱的水草
都当成先人
柔弱本身就是强大
那些久远的消亡本身就是存在
和对我的提点

铁轨仿佛停驻于大水之上
一条高铁的远方
只能是穹宇
我们肉眼能看见的
是疾驰
而当列车运送着水光远去
我们看见的
是地平线上，一轮落日
牵引着车身缓缓移动
有那么一段时间
它几乎静止了
这融汇之美，多么像是云霞的作品
沪蓉高铁的进入
天地之间的一幅油画
便天然形成

水乡园林里，我看见
一株荷花和另一株荷花
正在交颈

这旷世的缠绕
惊心动魄而又不易察觉
世界上有爱的人
都应该来学一学
这经历了永夜之后
大白于天下的共同盛开
设若并蒂是偶然捕获的爱情
而眼前的自我与他者之间
重逢般地靠近
只能是花朵中的苦修

城市在水域中展开
我知道
每一条街道都是恩赐
临水而照的白鹤
良久不愿意离开
我散步而来
仿佛是僭越
只能屏住呼吸，悄然静坐
与它互不干扰
然而我依旧是活在它的境界里
多余而又必须
当它振翅腾空，唳叫而去
我依旧坐在那里
成为它在人世的遗留和补充

阳光驻足在水杉的羽毛上

你看，叶片在起伏
置身林间
我看见光芒的形态
和重量
群鸟扑腾，旋即在空中密布
倏忽间飞过头顶
一片林子动荡了一会
又归于平静
这个时候还默然坐在树下的人
是见惯了大风入林的人
是大动之后，还能小静的人
我想隐者无非如此
藏起来，被阴影看见
无论密林多么深邃
天光仍能化整为零
以光斑的形式找到我

我愿意做大水中的候鸟
去年如旧
我在南
今年如新
我去北
南方的水要去北方
我像平原第一坝
揽着大水的腰
挽留，推送，释放，和调运
在汉江兴隆，每一滴水

都不要错过
把新水，从旧水里分出来
我袒露出身体上
所有耀眼的明渠

进入曹禺先生故里
我知道，自己小角色的命运
不可避免
我习诗写字，从未屈服于
出生和贫困
被先生安排过的角色
哪一个更像是我
梦泽里，先生在书脊上小憩
我在人生的独幕戏里
局促紧张，迟迟不敢
让自身落幕
在美学的大水中，我
只能是一个群众演员
在每一次戏剧冲突中
我都有可能是先行消失的人
而我那么满足
陨星从未抱怨过坠落
黯淡才是我的能力

剧院建筑精巧
像是先生精心构思和设计的本子
公园里的湖水

围绕着一个人的近代和现代
我在当代部分
与诗眼毗邻
与一只踱步的水鸟
交换了飞翔的愿望
由于太过笨拙，我被艺术
限定在低空
飞檐翘角，是我的高度
有一片天蓝被裁剪了
终于，我明白，苍茫
不是虚幻，而是大脑里的物质
在语言的枢纽里
精神一再被文字提及

从古与今，远与近中拔出
像一株芦苇
从烟雨中露出
像一叶扁舟
从好梦中驶出

从江与汉，光与影中驶出
我在大水的虚线上
驰骋和变道，我知道
人的道路上有红色和蓝色的警示灯
航向，不容有误

水命

就是只进不退

真理和爱都在下游

我想去看看

西向潜江汉水边（组诗）

高渐离（浙江）

潜江

1

水自汉江而隐。历史的潜流
暗中灌溉着一支来自中原的部族。

是三千年还是八百年？
潜江每一次暗涨，都牵动着帝国的脉搏。

谁还在唱着楚歌？四面的水声中
谁在转动九曲柔肠？

那缓慢扩散的水波，是秦人征桡的回响还是昨夜
细腰宫女眼中的流光？

远远地，潜江上的灯火又亮了
随着一声渔鼓声响
古今多少事，都被压成了灯火后面一出皮影戏里扁平的印象。

2

广袤低平的江汉平原，日头刚刚拱出地面

潜江就开始扭动明亮的腰肢。

抓起这根发亮的线头，
就能掀开云梦泽，这出时间大戏的帷幔。

楚宣王、屈平、司马相如、郦道元、陈子昂、孟浩然……
那些真实的人物面目早已漫漶

蘩漪、周朴园、陈白露、方达生、仇虎、金子……
那些虚构的角色依旧栩栩如生

虚构他们的人，终生未回故乡，但并不妨碍他
接受潜江的滋养，并由此
去理解人，去参悟人间一幕幕悲欢离合的大戏。

那时，日出尚早，白露未晞，原野上依旧是故国山河的面貌
那时，所有的角色都在按历史
规定的时间出场，所有的情节不必动用三一律来安排
一场雷雨还远远未曾到来。

章华台

楚国郢都之野
百姓茅屋的屋檐矮下去的时候，章华台就高起来了。
细腰宫烛光摇曳之际，人间屋舍里的灯火就黯淡了。

曲栏拾级

宫灯，一盏一盏抬升着夜空的高度，
最高处的，已经和星辰混为一谈。

章华台，一座传说中的煌煌建筑。
高上去的是楼台，是凛冽的人心，低下去的
是国运，是云梦泽水洼一样满目的疮痍。

风吹夯土。如今，那些曾经高高在上的事物
都需要掘地三尺去探寻。
那些曾经显赫的威势，需要借助
一枚锈迹斑斑的铜质门环上的光泽去加以想象。

九层之台，归于尘土。没有什么是不朽的。
风吹田野，时间的波纹又一次掠过了废墟上的稻浪。

只有最后一位宫女的细腰，瘦成了一弯下弦月
还在映照着一座名叫龙湾的遗址。

潜江赞美诗

吴常青（福建）

云梦泽一角，夏商周三代
北依汉水，南临长江
“汉出为潜”，恰似繁星闪烁
江湖水流浩浩，宛转处
如露，如珠，映照秋月朗朗
千年芦苇摇曳着消失的蚌湖传说

在潜江，深入民间去采风
欢舞草把龙，喜唱花鼓
一边劳动，一边高声薅草歌
甚至于沉迷学习鸡鸣腔
甘心做皮影戏的忠实观众
热爱它的雕镂，它的汤格与郭格

在潜江，做俗人，过烟火生活
譬如螺蛳、锅盔，譬如油焖大虾
鲜美的滋味，最是黄湾村的藕
还可以青酒、“半夏”的名义
给沧桑的父老乡亲食补
把童年珍藏在荡漾的清溪山色

爱潜江吧，它的浪漫在东城烟柳

幸福恰似踏上浩口仙桥
南门河游园，传递永远的快乐
爱潜江吧，以石油井喷的方式抒情
把赞美种满大地，它们叫水杉
把赞美栽在水里，它们叫荷花婀娜

深深爱上潜江，万千宠爱集一城
它是晨雾缭绕的大佛寺钟声
是章华台静穆的细腰，桃花朵朵
它是水乡园林吹奏幽雅的洞箫
是雷雨、日出、原野，是曹禺先生
是梅苑不散场的戏，感伤与辽阔……

此地（组诗）

智振华（北京）

此地

夜收拢翅膀，落回巢穴
奔波一天的光
终于找到潜息之所
此地甚好
潜伏着温润的水，滚烫的火
还有静谧的湖，奔流的江
在这里，要潜龙勿用
张牙舞爪，会被剥壳吃掉
在这里，要低调行事
饱满谦逊，才会被讴歌赞美
在这里，奔波的光
做起了甜美的梦
梦中有瑰丽的日出
也有震撼的雷雨
对于这一切的美好
我像一只秋蝉，脉脉不语

与潜江诗友夜聊

此刻，我们静静看着

栗红的茶斟满茶杯
与香气一起浮上来的
还有月色和黄昏

一群人，话题恰当
就像烘焙正好的银杏果
再浓烈的韵事，都被嗑成
云淡风轻的果壳

直到，满天的星都听倦了
今夜，我将躲在诗意里酣眠
愿意把窗外的鸟鸣
听成唐朝的涧水声

思念一座城

思念一座城
其实是思念那里的人
一想到那里的人
一座城，就从地图上
拔地而起
想得再用力点
城市会变成一列火车
载着思念的人
向你呼啸而来
定期往返，无须检票

潜江三题（组诗）

柴草（湖北）

江汉平原上的一棵水杉

流浪的地球上，明月落入皎洁水乡，
粼粼波纹微漾。
江汉平原上的一棵水杉，
找到了她“活化石”的故乡。
从幼苗拔地起身，直伸云端，
像一枚雷针聚拢闪电，一方伞形天空。
她褐身青衫或者褐发，
凝结着树脂与疤痕，落下她的杉针叶，
图钉一般清晰地嵌入扎根地——
在潜江的版图上，
她要从一棵杉活成一片杉林。
像一个人静静地，长久地在一地
把一个村子，都住上亲人。
天上云影，流淌在河流与湖泊，田间与沟渠，
绕来转去，潜江绿道与美丽乡村之间，
我们随处可遇见她一身杉香。

潜江龙虾

龙虾来到了潜江，烹蒸焖炒炸卤，

受到了潜江人的醉爱。像掀开了姑娘的红盖头，
从端上餐桌，到田间养殖，
与水稻这一江汉平原最重要的粮食作物连作，
稻虾产业链拉伸到加工、冷冻，
冷链配送，甲壳素制造。
犹如食髓知味，虾苗、虾饲料，
虾的前世今生后世，都在潜江找到了缘起，
再也难以割舍，龙虾绯红之色，
像到了十里桃花绚烂之地，绚烂极了。

龙虾在潜江是知名的网红，遍布田间沟渠，
菜场与夜摊，虾哥虾弟，有俩虾
虾皇，第 8 号虾铺，翠妈友锅卤虾，
平头百姓，工薪阶层，驴友都来喝一打扎啤。
莱克、华山产业巨头，熊口赵脑村基地示范效应放大，
一年一度的潜江龙虾节揭幕启动——
专家学者荟萃，国内海外客商云集，
研讨经济发展产业动态，洽谈无限商机前景；
在北上广，在港澳台，项目签约，
项目落地夜以继日，助力潜江发展建设；
走出国门，潜江龙虾向华人侨胞国际友人
传递亲切问候，深情厚谊，
远赴欧美，带着一股潜江浓郁的乡土风情。

潜江龙虾在水乡嬉戏，虾有趣，水有情，
她在此得到了命名，
其中有真意，其中有真乐，你焉知否。

曹禺与潜江

故乡像天上明月，在我们身体内涌动。
凝视着曹禺的塑像，我想叫他原名万家宝。
从生到死，他都没有来到潜江，
他都没有回过故乡，
八十岁仍在病中述作《我是潜江人》。
身处异地，身在异域，他都要告诉人们，
“我是中国人，我是潜江人”。
他躺在病床上回忆儿时，故乡的人，
亲切动心的乡音，故乡带来的食物与空气，
都和他有着血与肉的联系。

他没有到过的潜江，一望无垠的平原风光，
湖泊与乡情，处处都有他的踪迹。
曹禺陵坐落的森林公园，
啼鸟栖息，花色妍丽；
曹禺大剧院上演着他蜚声中外的戏剧，
梅苑的梅花在这里盛开；
以他名字和作品命名的曹禺公园、
曹禺纪念馆，雷雨广场、日出亭、原野长廊，
曲径通幽，演绎曹禺经典作品与情怀。

“故乡在我心里一直温暖明亮，我爱潜江，
这不是模模糊糊的两个字，
我偏执地带着它，走过不少地方……”
凝谒着曹禺的塑像，朗诵《我是潜江人》，

我知道他回到了潜江，
回到了自己的故乡。亲亲故乡情，
每一个潜江人都和曹禺熟悉，
潜江这片乡土，乡音亲切喊着他的名字。

雷雨（组诗）

尔容（湖北）

雷雨

雷雨
是一场带电的爱
弧光在伦理中逆行
正与负，贵与贱
门不当，户不对
爱情的门上贴满牛皮癣
爱到求死便是惊雷

日出

那些被损害的
以及被侮辱的
不在黎明前的黑暗里死去
便在日出后的光明里歌吟

原野

仇恨是心里顽固不化的山
放过对手便是原野

我们谈起潜江和一个人

张文忠（山东）

一

我们坐在小餐厅里
喝酒，聊天，吃油焖大虾
它们红着脸
它们回不到水里去了。你也红着脸
把它们咬得咔咔直响
决定把壳子吃了
说补钙，这是最好的方法
我们起身干杯
说也补腿，虾有那么多腿
四肢还健全
你可以在最短的时间里
成为虾皇，红遍整个潜江

二

有人提起曹禺
我说起戏剧，戏剧可以四海为家
在大剧场，在小剧场
甚至在一场小型晚会上
他的伟大在于
在新中国的土地上，一个人走在了前面

许多人就跟上了
就像皮影戏，一代一代传
在某个街口或者角落，我们会遇到
一场《西游记》
或许在某一天
会遇到一场皮影戏，上演《雷雨》

三

他说起每个人都有家
提起曹禺，在潜江
心里自然有一种亲切感，这是他的家
我们是坐公共汽车
又坐高铁来的，汽车很慢，高铁很快
他一定不会知道
我们的路途
像这座城市的过去和现在
从前很慢
现在很快，快得
让他认不出这座城市里的一些地方
可潜江还是他的潜江
一场大戏正在上演
我们还无法知道高潮在哪儿
结尾没有期限

四

时间快也快了
时间慢也慢了

喝到最后，我们的脸都是红的
我们的身子
像极了弯曲的大虾
没有人说人生如戏
只提戏如人生
走出门来，潜江还未睡去
江中的水里有灯光
有楼影
像一场大戏里的精彩背景
很快，我们就沉浸在里面

找到曹禺，找到潜江

朱鸿儒（湖北）

他叫万家宝的时候
是夏末一只潜伏在淤泥里的龙虾
不喜言语，只用硬壳里隐蔽的腮
把热烘烘的一池浊水，苦闷的呼吸
化学成膏

他拆解了家族专属的文字符号
煮茧抽丝，将自己和盘托出
重构一场原野上的悲情雷雨
让暗黑的山影在闪电中惊现动魄的光芒
也为迷失的披枷之魂
插上路标

爱起你来像一团火
恨起你来也像一团火
他在舞台上燃起火堆
依然不喜言语，深沉地蘸那火焰的红
涂抹着观众席里渴望的眼睛

他离开故乡很多年了
火还在，红还在，路标还在

很多人顺着他手指的方向

找到曹禺，找到潜江

走过和平街

陈传进（湖北）

三十年前
我第一次走过和平街
一块块间隔的形无规则的石块
固定了城里人的步伐

二十年前
我从和平街走过
依旧是不曾挪动的旧石块
还有那几乎没怎么变化的矮旧民居
唯一的新鲜
有了沿街吆喝的小贩

十年前
我走过不见了旧石块的和平街
矮旧的民居
已被参差不齐的老式楼房取代
有一种叫作休闲的东西开始弥漫在这条老街

几年前
我入住和平街
厚实的水泥路
洋气十足的多层小阁楼

川流不息的私家车
述说着时代的变迁

而今的和平街
已是时尚的柏油铺就的路面
时代的朝气
衬托着一幅幅恬淡悠闲的容颜

现在
我坐在透明的落地窗前品味着几分钟前电话即定的外卖
吃饭的间隙
我已网约到稍后去火车站的交通滴滴
如果不是要陪朋友外地闲转
我几乎可以足不出户地宅家生活
广东的荔枝
云南的火龙果
贵州的猕猴桃
我都与产地的人们第一时间享用
唯一的遗憾
心头有了一丝渐渐堆集的莫名清愁

什么都变好了
和平街也焕发着青春
我
早已落尽风采年轻不再……

我是潜江人

李文山（湖北）

潜江究竟有多富有？我不曾认真地做过统计
但我听说潜江境外的人不无羡慕地在用一句歇后语
美金欧元人民币流淌的大河——潜（钱）江
地上盛产粮棉油，地下富藏油气盐。随意打个滚
就把中国县域经济百强轻轻松松地揽在了怀里

在江汉油田，我想去找一个甲子前勘探的矿井
不料却劈头盖脸被兴隆河畔的绿意遮了严严实实
早知道在空灵的林地里不能待得太久太久
如今才知道现代化的采油树丛里也可能会走丢
但我又希望着生出一双隐形的翅膀
模仿青头潜鸭飞上一圈，俯瞰潜江的日新月异

汉出为潜，大宋乾德三年有河道分流汉水入长江
设于安远镇的县治便汹涌出轻舟已过万重山的潮声
可挡不住陆游《哀郢》慷慨悲歌白发新的呻吟
只有软件、互联网策记了一个时代的脉搏
潜江才真正开始滋润生长出全民创业的激情
楼阁繁华，产业兴盛，国富民安，万象更新

是的，这是潜江的驱动，宛若数不胜数的河流纵横无声
谁说宅在家里与大千世界无缘，且看所向披靡的淘宝村

潜江美眉大咖一般指点万里之外的锦绣江山
一枚黑色的按钮正在打开潜江前所未有的力度
在虚拟王国生成美丽与幸福的磅礴
无须揭开神秘面纱就会令无数帅哥为之倾心

从长江源头始发的经济列车前行足音
总是踏着共和国阳光的灼热而倾泻的诗行前进
华尔街的春天随着倒海翻江的巨浪远去
电光与石火的世界并非都陷入了一片暗淡
潜江很小，只有区区两千平方公里
潜江不小，足足拥有百万父老乡亲
虾乡稻、大棚瓜，还有页岩气、云计算
新鲜而美丽的故事如花朵落满你的窗棂

金融海啸从太平洋彼岸围堵而来
危中寻机，以行云流水的笔法为潜江的疫后重振拓印
我们开启了鼠标一点，波澜不惊的信息时代
全面小康社会就添加了精准扶贫的秘方
有志者，事竟成。在我们潜江千年的成长史上
今日的美眉在网上超然看云，练就一身过硬本领
从纷繁复杂中窥见决胜千里的气象

水　杉

谢水心（山东）

水杉不在水里，水杉倒影在水里
水杉在阳光下，来来回回感触失去的光阴
水杉在风里，像大师的思想，难以逾越
水杉在潜江，像大师一样，深深地眷恋
这片土壤。春来秋往，
耳熟能详，我很难再返回
或者扮演昨天的角色，那些不经意间的
台词，是一种生命的占卜

水杉也曾在夜里坐地疾行，月如刀锋
我的头发都被露水湿了
我无法甄别，只能感觉，一根一根的黑发
被月光擒获。我看着水杉，像我的一位故人
有种似曾相识的感觉。远行的大师
曾经是哪一株水杉，让大师瞩目良久
我知道，只要水杉依然
人生如戏，冥冥之中，一切就不会放弃
前行和抒情，都会在岁月的恩宠之中，马不停蹄

黄湾藕

乔书彦（湖北）

今天是个好日子，如果站在高处
就能看到风吹荷叶，有人划着小船
采菱角，我正走在草地上
视野被打开的时候，归燕正穿过云彩
它们飞去又归来，再朝远处望去
风吹草低露出多粉易烂的黄湾藕，在湖北
潜江市王场镇，我经过油焖大虾店
两边的街道同时亮起了灯光
月亮找到了进入的窗口，暖和的日子
在大街上闲逛，等待着夜风
吹送来一坛园林青酒
藕炖排骨藏着楚人的乡愁，潜江市的黄湾
欢声笑语融入逐渐厚重的书页上
这是一个不同寻常的时刻
不凡的地方
我们都是吃藕的人，都有着热爱和追求
积累了太多好梦，楚山楚水
相伴终生，鲜花瞬间布满潜江
挖藕的人心无旁骛

这里是潜江

若离（北京）

未登过章华台
欣赏细腰女的轻歌曼舞
一代王朝的兴衰荣辱与血腥
已葬于历史长河中，缄默

没去过返湾湖
错过一个美丽而凄惨的故事
那个被王赐死的女人，眼泪飞洒
千年后，将这里错落成最美的湿地

没吃过美味全球的小龙虾
但只要它贴着潜江的标签
仿佛就能闻到故乡的味道
一场穿越千山万水的艳遇

这里是潜江
美丽的江汉油田在此神奇崛起
火爆全球的小龙虾，日夜写着离别的诗
细腰宫里的千娇百媚，已成绝叹
返湾湖边，妃子的悲泣在清溪中梳洗

这里是潜江

一代戏剧大师曹禺先生的故里
他笔下的《雷雨》《日出》等著作
曾惊艳了一个时代
还有那篇表明身世的著名散文《我是潜江人》字字情深
我像是没有故乡的人
但故乡的月却是最圆最亮的

这里是潜江
四通八达，钟灵毓秀
人文丰厚，大有来头
小龙虾在全球走秀
章华台在朝暮中厮守
此时已近中秋
曹禺先生笔下的圆月
盈满了思乡的愁
照亮了游子踏归的路

潜江，一部水乡园林的经典剧本

王志彦（山西）

把潜江的画卷，从园林、广华、杨市、周矶、泰丰、高场
熊口、竹根滩、高石碑、老新、王场、渔洋、龙湾、浩口
积玉口、张金铺开，就是江汉油田、鱼米之乡的新篇章

把诗篇中的水乡园林、田园风光、新型企业
铺排成立体的画卷，就是森林公园与东荆河的对饮
是水杉、池杉、墨松、银杏、雪松之间碰撞出的经典唱词

把唱词中的所念、对白、诗化去掉
就是潜江地理上宜居、宜业、宜游的绿色篇章
把二园、二湖、两河、一江渲染成了一幅水墨

而今。古诗入茶，龙舟竞渡，梦想提速
生态给出的黄金，在潜江大地慢慢移动
仿佛每一滴江水，都成为美学的墨，为潜江遣词造句

自然的泥土、流水、草木，在季节里从不懈怠
它们是人间的信使，是生命中原汁原味的歌谣
就像隐约的星辰，带给城市和村庄的慰藉

这么多诗意的偏旁，在潜江提升着生活中的甜
这么多绚烂的草木，点缀人间。当它们站在秋天的肩膀上
一部剧本里有了另一种隐喻，成为时代新的气象

龙虾戏水

竹风松语（湖北）

剧本之内，念白比唱词入骨
盖头触动水幕，但悠悠旋转的须
理应捻出一曲楚腔

剧本之外，九头鸟比它清醒
潜江的大地，如果小石不曾在祖籍情怀里扑腾
该如何认清人生如戏

舞台之中，雷雨天气比它更善于表白
水的肚皮。等级的网箱
上下都是小虾米之类的不是吗

浮动的身体太累了，打斗之后的任意一个结局
它都会伤及一粒食物的魂。出彩
只是一瞬间的事

个中原因，我们来看看万家宝
曹禺的本身，他情怀里的乡土
已在小龙虾里入戏了，然后
我们看到观众的如痴、如醉
仿佛小龙虾在油锅里沸腾，出锅后的好身段
色香俱全

因为一个人　爱上一座城

芊芊（湖北）

陌生的潜江
教材里的曹禺
因为曹禺文化周
突然一一串联起来

朗读先生的《我是潜江人》
感受先生父母的声音笑貌
想象先生吃的家乡带来的食物
呼吸先生家庭中的潜江空气

在潜江生活的每一天中弥补
先生没有到过潜江的遗憾
在每一次抬头看月亮时遥寄
先生对潜江的思念

早安！潜江

张沐兴（湖南）

章华台上，太阳把人们内心期许
又一次拔高。
这镀金的符号，被佩戴、被传递。
早安！潜江
从河堤村朋滩晶莹的露珠，
到龙湾旅游区崭新的规划图
柔和的暖色不断提亮着水乡园林的梦想。

航船的马达轰鸣着拉开晨雾
东荆河醒来，田关河醒来，
汉江醒来。
这些奔流在人们血管里的河流
也流在植物的根茎里。
我看见踮起脚尖的水杉
它们也对着长高的城市深情地说：早安

白云欣喜，轻风柔软
这不歇吟唱的时光
致敬精神的力量。早安！早读的孩子。
早安！梅家嘴的人，沱埠垸袁桥村的人
曹禺一生一世惦念着的那些人
花鼓戏、皮影戏、潜江民歌浸润过灵魂

一代一代抒写祖国壮美抒情长诗。

运送龙虾的小哥经过舞蹈中的广场，
他还将返湾湖荷花开放的消息
向全世界发放。早安！忠于时令的花朵
早安！坚守内心芳香的大街小巷，
从水牛城温馨家园里出来的情侣走上公交车
爱的气息将穿过生活的许多十字路口。

竹根滩的瓜果熟了，王场镇的藕熟了
这片肥沃的土地
埋下过太多理想的种子，
晨风梳理着田野，呵护坚忍。
早安啊！经历过闪电、雷暴的平原
一只翩翩起舞的蝴蝶
飞过东周遗址，飞过世博会湖北馆
飞过“微电芯城”
继承了广袤与辽阔，将所有信念的飞翔铭记。

启动光纤预制棒生产线的人
砸下智能制造产业聚集区桩柱的人
走向高石碑禾苗中的人……
劳动在落实爱的方向，汗水使晨曦更加宏大。
早安！九十六万共一个名字的
潜江人，用献词镌刻一个伟大时代。

又一辆高铁驶出高铁潜江站

前方草木葱茏，它们贴着大地奔跑。
又一只白鹭扑向辽阔的蔚蓝
用翅膀拥抱天空，以飞翔打动世界。
若每个人还有与生俱来的骄傲
只因从未放弃肉身对灵魂的高举。
早安！前程似锦的潜江。

我有故乡（组诗）

西土（湖北）

我有故乡

我有故乡
你若不来，不会懂

故乡有虾
你若不来，不会爱

四季有花，飘远也飘近
秋冬有粮，不问因果

在故乡
我
想了又想，念了还念。

虹

雨后的湖水
把弧形的倒影轻轻揽怀
天空有流云
借用了魔幻的脸谱
那些数不清的七彩与夺目

都会是即将触碰的，我们的将来
如同，制造斑斓的火红的爆竹
在江汉平原的辽阔里
就燃
那多闪亮登场的彩虹
编制着每一个精彩故事
一只小龙虾，每红一次
都是内心火热的，我们
自我描红，奋力展示的一生。

在潜江，想起曹禺先生

陆乙一（青海）

1

想起您，先生，我就想起一滴水
贴着潜江水缓缓行走，它最终落到了大海里
成为大海的一滴
当我认识到它时，它已在《原野》《雷雨》，
甚至是《日出》中
轻轻流动。在流水线上，习惯性地摊开河床、堤岸
等阳光下的金黄和浓绿展开迷恋的轮廓。
也许一滴水所怀有的探寻之心，不能将困厄、迷茫全部解答
但它可以使人振作，对生活充满希冀。
水流很静，当一滴水连同天空落进茶杯
这时的黄昏带着鸽群走向江边
数一数江面上远远近近的波纹，隐约的爱
一遍遍向我靠近
期待之外，还会有更多神秘的馈赠，将幸福
花瓣撒向头顶……
终于安静下来的这个世界，颤动的每一滴水
点滴地收集起生活
绕到大海的背后，亲吻着睡熟的婴儿，与黑夜对视
填补了潜江大地怀里涨了三千尺的潮水和广袤……

2

我发现您，替潜江的一滴水，永恒地活着
水与水之间，细小的波浪
被岁月不断磨损，仍然泛着明亮的光，重复波浪。
我想恭敬地握着您的手
生死之间的仪典，要借助水滴涤荡后变成的字符
包裹着柔软，明亮——
我没有走过和您同样的荒凉和原野
但散落的粮食、种子，和变得越来越长的时光
在一只陶罐中储存成形的过去。
叩开天津小白楼的那扇古旧的门，您悬空的脚步
踩痛了自己。
那么多浪花来来往往，隔江的凝视继续荒芜
不管《雷雨》，还是日出，都能唤醒被时代流放的圣者
青砖缝里的故事长满了褐斑
您仍着一身青衫
看着生活粗糙的细节从一朵朵花
渗出露，再凝成一滴通透而晶莹的水珠
您看着它长大，在已远的故乡，变身为潜江的波澜
让痛楚和深情，依然散发出稻米的清香……

3

世间的悲欢离合，爱恨情仇，岂是一滴水所能托得住的
夜空如幕，松风传来涛声，一滴水身上未褪尽的阳刚之气
在潜江的血脉激起浪花。
你笔墨下的人间温情在枯瘦的秋水中抵风御雨

青灰色的面孔在风雨中显现
而弯曲的腰身，弓似的倔强不屈。
请让一滴水燃烧，让一滴水落地，融入故乡
一朵我们叫不出名字的花，浑身湿漉漉的，一副矜持的样子
通过潜江钢的骨头和魂魄
抱紧古朴浑厚的光芒，收获忏悔，与厚实的胎质。
那时，侧光照着您，渐进斑驳的额头
让我们懂得了藏在暗处与淬火成形都有着同样的精致。

4

一盏灯亮了，照耀着潜江，以及脚下的祖国
太阳出来了，雾就散了，潜江里一朵一朵的浪
恪守着自己的来路和道理。
一失手，便是山河破碎，一挥笔，无辜的历史
鸽翅与闪电间被时间复原
一圈一圈波纹，替潜江固执地丈量着那些已不存在的事物
仿佛照亮台阶和一张美丽的旧地图的
来自更古老的借字立身的仪式
在隐秘的语言中创造出更伟大的不朽！

5

你化身一滴浪花，潜江才是完美的
将自己忘我地投进去，就会习惯和另一个自己
组成浩瀚的波澜。因为对生活的见证，您拒绝了天空
因为对生存的诘问，您才在无数的碎片中盼望奇迹。
您盼望《日出》超过了永恒的真相
推开窗，风雨声呼啸而来

心灵上那些细小的晃动，是潜江的漩涡
风往哪边吹，穿过菊花的骨头，我就往哪边去看您！
先生，时光飞逝，日暮后的江水不是沉沉睡去
关于潜江的无数可能，我还在行着注目礼
您一生对美的坚守，已是一座小小的博物馆
直到这风中的尘埃靠近水的涟漪，直到这苍茫的人世间
一滴水，厚重，晶莹，剔透，大地缓缓捧出一个果实……

6

先生，我也已做好了准备，在一滴水中濯洗，凝结，渗漏
让一条江收藏青铜，锻造时光的重器
顺着流水的方向，流下去，流成江、海
继续将夜色撕开一道口子，穿过岩缝不断地磨洗自己
一直往东
追踪这道光，成为三千里之外的大海的一部分。

一滴水还在路上，当它抵达，不断为梦中的骨骼守好一盏灯
潜江大地像被一双潮湿的大手刚刚抚摸过
我想让潜江遗落一粒种子在我的身体里
一遍又一遍地发芽
使浪、涛，在更远的、更广阔的人间摊开庄严的家国
恪守黄金的新时代驮来的天地之间的大事……

先生的书房

黄育松（湖北）

在这里
我看到了，先生的书房
那个他工作十几年，呕心沥血的地方
这个逼仄的空间
洒满了黄色的灯光
是那样的祥和、安静
一个读书治学的地方
一切都是老样子
木制的地板、高矮的书柜
还有那书桌长长
长条桌上
摊开的书、书上的笔还像原来一样
静静地摆放
先生临时有事
走得太匆忙
未收拾的书桌
斜放的老花镜
一旁的笔筒
仿佛告诉我们
先生一会儿、就一会儿
他就会回来
我们还会看到他满脸笑容地走来

就跟他离开时一样
还会看到他书写人间的渴望
然而
当我看到桌上的台历
我的心，不由得猛地一惊
一九九六年十二月十三日
这个日子太沉重
这个冬天太冷酷
东方的莎士比亚在这一天
睡去，他太累太累
他要休息一下
停止不知疲倦的工作，停止无穷无尽的思索
停止笔耕不辍，停止舞台的悲欢离合
我们知道
他已用尽全部的力量
只为人间多一份幸福和快乐

回想昨日
先生曾无数次伏案写作
也曾无数次伫立窗头
他在琢磨，他在思索
他要把旧社会的丑恶看清、看透
他要追求新思想，歌颂新中国
他笔下有《雷雨》《日出》
心中有梦想和新生活
他笔下的舞台太小太小
站不下太多的人

但是将整个旧社会鞭挞得淋漓尽致
体无完肤地揭露了制度的腐败和人性的丑恶
他的听众太多太多
遍及中国的每一个角落
甚至几代人都在为他思索
他要站在人民中间
像黑暗中的闪电
去呐喊，去拼搏
以笔为刀，以剧为阵
以舞台为战场
面对旧社会，先生是那样的无情冷漠
追求新生活，先生是那样的热心开阔
他的心中有熊熊燃烧的烈火
烈火为人民燃烧，剧本为人民创作
他要用最朴实的话语
表达出世上最动听的杰作
他深受人民的爱戴
剧目被无数次地搬上舞台
影响了一代又一代的人
他们要把先生的思想
演进人生，融入生活
这是智慧的传递和知识的硕果

在这间小小的斗室
在先生的书屋里
致以智者最崇高的敬意
勇于为理想而奋斗

书写人生的波澜壮阔
我仿佛看到先生
在书房里
止笔思索

千字书

王威洋（湖北）

东风路的老式娱乐厅，露天台球
1996 年的肉串，一元六串，臭豆腐
在我和妈妈的嘴里打滚
茶馆里，麻将的撞击声
在我的作业本上作答
红叉叉　血淋淋的
老师说，钩钩挂在你湛蓝的衣衫
我折断 179 元单支的高级乒乓球拍
将试卷投入臭水沟，在胸口埋下炸弹
它们付之东流，被粪水冲走
被驱散的 101 号队友，高二
2008 年，冰冷的身躯横卧
像被我们瞻仰的仙童。白血病
第一次出现在他的病历薄
仿佛如此的轻，字迹，稠密得像老师
方程式的答案

钢筋与水泥，雨后遗留的一摊
浅显的倒影里我与邻家妹妹
把稀泥，用踢踏的步伐，溅上裙摆
天上的泡沫，黝黑。羽翼轻快，雪白色
在轨道外中枪，白色里的暗红撒向

妈妈的眼睛
卧室里，房门的中央，青春期的铁拳
把房间分成许多份碎片

麻雀在屋顶上，看着恍惚的童年
晃眼的紫外线落在皮肤的肌理
蒙德里安的田园交响曲
我们是在画框里面，还是外面呢
爸爸，你在地面摩擦的纸箱
再也承载不起你要拖走的衣裳
里面有妈妈曾经给你打点的西装
纸箱角落，破损的洞口
一下子就戳中了我的泪点
洞口，我从里面看见了 1990 年代的波澜
鸳鸯执意分离，离婚证在烟灰缸里燃烧
那些年，成年男性的衣物从家里
逐量减少，减少的还有院子里
光秃秃的平房

爸爸，从前这里的泥土，在平原上
像温顺的海洋，你举起我
跨越它们，我们嘴里的每一口稻米
煤气罐、棉絮、索尼录音机、长虹电视机
都曾在大海里漫游。尖尖的电视塔
一座小城的诞生——
“汉水循源而下，由潜一道入江”①

---

① 《潜江县志》记载：汉水循源而下，由潜一道入江，故名潜江。

蟒妖游历平原，在南门河一带活跃
爷爷吃过那条河里的鱼，鱼刺卡在
古老的咽喉，在三代人的体内哽咽

清明时节雨纷纷，一座坟茔与后面的另一座
再往后面数，美术课上，老师告诉我们
这是透视学的原理。愚钝的我，绘画三年
却画不出爷爷的模样，他最后一声呕吐
击打在一个女人的身上
薄薄的被单里，奶奶干瘪的乳房再也不让别人触碰
陈旧的书架，六朝佛像改为观世音菩萨
南无阿弥陀佛，南无阿弥陀佛
无数个清晨，烟熏与教乐，彩叶与豆角
菜篮的呼吸
1980 年代奶奶做大衣生意，将四棵幼苗拉扯
我爸爸娶我妈妈。熊口镇林业站的公共厕所
人工冲水，黑色的天生锈，因为一场雨
分娩的稻草落在皱纹上
凳子上的鼾声，奶奶，我记得你有一副好嗓子
二姑和二姑爷曾工作的农机公司改制，下岗
你在他们的新餐厅秀了一嗓子
唱哭了老天爷，如来佛祖我不知道
他们哭的真正缘由，那一年我脚上的黑色套鞋
我总是抹不净上面的泥巴

你说现在的日子已经太好了，灶草时期
锅里煮的麦黄草，灶里烧的马绊草

一顿吃得喷喷饱，走出门外风吹倒
我总理解不了你说的好，这是不是一种
妥协，每当我想起一些人
我依然感到家徒四壁

返湾湖的黄昏（组诗）

杨华之（湖北）

夏日午后

想吹一吹“小暑南洋十八天”的风
在农忙过后，在江汉平原
在暑气难耐的时节
吹起来，像一种仪式
人们天亮时下田
太阳辣时回家，三五七八的
聚在树荫下，抽烟打牌
下象棋。风是
热烘烘的，坐着也流汗
午后田野上几乎看不到忙活的人
但也不是绝对，比如
我父亲就时常
顶着草帽，光着膀子
在烈日下查看，哪一块稻田缺水了
哪一条田埂
被黄鳝挖了一个洞

返湾湖的黄昏

许是挑花了眼，明珠散落于江汉平原

我偏爱捧起返湾湖
返湾湖一天中的十二时辰
我更偏爱它的黄昏

我偏爱一只白鹭衔着夕阳
在洁净的水面飞呀飞
我更偏爱它落进芦苇丛时，一声声
呢喃着温情

我偏爱堤上的桂树、水杉、白杨
在安静中沉思
我更偏爱三两根柳条儿
在我镜头中荡啊荡

我偏爱荷叶托起一阵阵蛙鸣
一滴滴荷香落入水中
我更偏爱小小涟漪
闪烁的是人间灯火还是天上的星星

我偏爱泊在岸边的木质小船
让我像躺进儿时的摇篮
我更偏爱：潜江花鼓、街巷小曲的欢歌
纷纷，钻到我梦中来……

三湖雷雨之马昌湖

易飞（湖北）

马昌湖有多少个春天
雷雨始终在下
荷花深处是吾庐
吾庐只有曹先生
楚王沿章华故里行走
在马昌湖遇到一生未见的雷雨
他在四风的小船上歇了
撑开一湖青蒿
江南的蝉声正浓
沽一壶酒，问苍天
所有的少爷与女仆的故事
都化作云烟
在马昌湖的碧波里
投下历史的回声
一场酣畅的雷雨
让我们醍醐灌顶

寻虾记

蔡永（湖北）

把目标定位于一座闻名遐迩的城
一条人群拥挤的街
一家亲切而普通的摊点
我和你的寻找才是明确的
能在油焖、蒜蓉、清蒸、烧烤里
体会一样的火热
能在五七厂、潜阳城、中欧班列上
遭遇一样的火红

是丰饶的平原，是丰满的回忆
是炒米茶润过的肺
是火烧粑养过的胃
是看得见摸得着的潜江
让啤酒杯找到啤酒杯
吞吞吐吐的情话是火热的
让路灯杆找到路灯杆
躲躲闪闪的脸颊也是火红的

这才是你和我的小城
你要跟随我
让一盆大虾惯着我们的嘴
让香喷喷的秋风送来爱的味道

雷　雨

吴夜（江苏）

还原一个旧社会的体态，可以用天气阴沉、郁热
空气异常潮湿来指喻

唤醒一个时代
可以用一场暴风雨

催促一场革命的号角，可以调动
阵阵惊雷

曹禺先生，舞台上的人物
一个接一个出场了，我看见你站在台下

在密集的人群中
努力压住一场悲剧

而更大的悲剧，是剧烈的毁灭；
是闪电——

教堂、大合唱、弥撒声——
也不能够稀释的黑暗

曹禺先生，十年之后，我看到壁炉的火，
以及大雪上的曙光

在潜江，请留下你的歌唱

黄劲松（江苏）

请湖北记起潜江，请中国记起潜江
请长江上的纤夫记起潜江
请母亲的一支歌谣记起潜江
请你的泪，你的歌声
你从书本里撷取的文字记起潜江
因为在广大的岁月中
潜江正成为一次深情的歌唱
像采莲船上故乡得到回望
石松和水韭，在山野里演绎苍翠的世界
黄家台和窖台，它们升高了每一次眺望
因此祖国变得日益亲切
因此我们的深邃之根得到了紧紧的滋养
在潜江，请你留下歌唱
这歌唱是江汉平原，是云梦泽
是一切我们所经历的事物
这歌唱是石油，是天然气
是我们所拥有的壮美图景
这歌唱是父亲，是母亲，是孩子
是狗尾草，是水杉，是草把龙
是我们穿越历史所坚定的深刻胎记
关键啊，这歌唱是祖国，是世界
是广大的诗篇所承载的奔流之河

我看见十万亩云霞抬出

黄鹤权（福建）

当我写下你的名字，潜江
就如同郑重地写下一个精神圣地，写下了一点点
被人文包裹的典雅
——东荆河、章华台、曹禺著作陈列馆、李汉俊陈列室
笔墨落处，她们是摇篮，是希望的字词。招引着
众多脱胎于
五湖四海的脚踝
沿明丽的春天，链接一段烽火的年月

当我写下你的名字，潜江
起风了。何曾想到，你会是十八里的山河锦绣
凭青翠，曾留下过一行行喜悦的绝句
我确信，与你有过相遇。老瓦房，黄湾藕，炊烟的守望
焌米茶，十里蛙语虫鸣……它们诗意盎然
在儿时，获取过
我生命中那些惊叹的声部和欢乐

当我写下你的名字，潜江
一笔春风吹过清宁禅寺。它纤细，专注。贫瘠的芬芳四散
大雪封山。这样的寺，四通八达
是宁波的眼睛。摸过的墙壁，能由白变黑

虽久无影子到访。或香火掉落在地上，声震南北
却有澎湃的声响隐匿归林
有日上三竿的那种缓慢的光芒
最好还这样吧。小师傅们，春耕秋收，周而复始。
让洞还是那些洞，寂静还是那些寂静
对清凉不得有误

当我写下你的名字，潜江
高温正在白天的混凝土上运作。正午时分，男人们
一边朝天空吹响海螺。七上八下，平摊在
贫穷的日历上。
一边在高架上踱步，练屈臂悬垂
他们，发掘高峰与仰望
一锤一锤
敲打出曹禺故里的足迹，和尊严的求证

当我写下你的名字，潜江
我必将涌动心中的田关河，歌声悠悠
唱出一支
通明茉莉花盛开的模样

在鲁院见到曹禺先生

刘大伟（青海）

具体来说是在中国现代文学馆
荷塘边上的小花园里，杏子落了一地
三位巨匠推开鸟雀的啼鸣
朝一把长椅走来

叶绍钧落座，他身着长袍
手握戒尺，似乎要用切身的体悟
去塑造小说里的潘先生
新潮的老舍松开手杖，跷起了二郎腿
若有所思——当下所有的顽疾
实际上都是“老张的哲学”
谦逊的曹禺站立一旁，他在聆听
也在酝酿……看见了吗
那雷雨，那闪电，那海浪，那火焰
是苦乐人生，也是世间万象

尽管只是三尊雕像，但我还是
听到了他们内心的呐喊
特别是曹禺先生，他目光炯炯
仿佛要跟每位路过的人
做一次必要的求证

曹禺祖居遐思

贺亮（湖北）

深秋总是带着凉意，
百余年前的秋闱乡试，
曾祖父万际云考中举人的大红喜报，
在庭院里烘衬出阵阵暖意，
书香门第，
在苦读的寒窗中绽放隽永的魅力。

万氏家宝的潜江祖居，
依然在马昌湖畔娴静地伫立。
湖中的荷花没有等来那位叫家宝的游子，
梅苑的芬芳迎接五湖四海的嘉宾。

寝房的雕花木床萦绕着远去的梦想，
万氏私塾的琅琅书声隐没在过往的岁月，
四壁依然展陈着科举朱卷的荣光，
穿越百年的时光更替，
映照千里之外的浓浓思乡。

四世同堂的曾祖母为新生的万家之宝赐名，
惹人心动的慈爱浸润了襁褓，
乡音总在厅堂屋瓦间绕梁，
穿透树影的月光伴人入梦，

醒来的人生，
品尝孤独而漫长的乡愁。

失去父亲的呵护，
才知道独立自强；
离开母爱的怀抱，
才明白世态炎凉。
人生这本巨著，
从此靠自己一个字一个字地书写，
远离故土，
完成一场场心灵的历练。

在美与丑的激荡中触发灵感，
用你的天才编织一幕幕的精彩。
把如梦的人生凝练成动人的戏剧，
在潜江、在中国、在世界的大舞台上——
千万遍地演绎给深爱你的新老观众。

秋日颂歌

——致曹禺

林珊（江西）

1

先生，风来了
一棵秋天的柿子树
正站在你无比熟悉的窗外
缀满猩红的果实
我赶在冬天降临之前
不远千里
来到你居住过的庭院
天空如此辽阔
游人如此之多
一幅幅剧照前
我们留影，穿梭
“有时我就忘了现在，忘了家，忘了你……”
先生，这不是多年前的秋天
可是簌簌的落叶
依旧那么多
你见证过的那些
黑暗与光明
喜悦与痛苦
尘土与荣光

我们从来都不曾忘却
“唯愿这清晨醒来的每一个人
都不会因为落叶而哀伤。”
先生，那么多年过去了
没有一片树叶
能阻止我们
看得更远

2

先生，这不是 1925 年的秋天
一个陌生人站在树下
唱着歌
“院子里，连风吹树叶的声音都没有。”
黄昏多么安静啊
雨还没有来
一墙爬山虎，攀满你的窗外
那些消逝的时光里，隐藏的，是什么
抹去的，究竟又是些什么
我想起那一年
我在十月将尽的南方
写下的诗行
“你看秋风簌簌，我们都是明镜的孤独中
那个曾经最幸福的人。”
先生，秋天很快就要过去了
我将独自在北方
度过整个雪意弥漫的
冬天

在潜江听交响乐（组诗）

柳瑶（湖北）

在潜江听交响乐

如若不是亲临现场
真的很难想象
来自俄罗斯音乐王国的统帅
欧洲顶级交响乐团之一的
莫斯科交响乐团
会踏上潜江这片土地
举办新年音乐会
这是一种遥不可及
如今触手可及

有人怀疑过
这支乐团的纯正性
我朋友风轻云淡地说
你看了就知道了
绝对不是我们所熟悉的
A 在那里吹号
B 在那里打镲
我想起了顺子伯伯
他的吉他那是弹得挺棒的

顺子伯伯没有同我们在一起
也就是说不会混在交响乐团里面
给我们来个惊喜
当灯光逐渐缓缓发暗
我看到乐队低音提琴里面
大家左手都在揉弦
褐发的他只是跟着一起
右手拨弦
左手安静地摆在弦上

乐队里人多，他可能觉得
没人会注意到他，左看
右看，笑了一下
我观察他已很久了
后来他好像也看到了我
然后低头继续演奏
我靠听觉嗅到一股体香
俄罗斯体香袭面而来的时候
我知道，他们真的来了

皮试

第一次进入老房子
也是最后一次

飞蚊在周围跳舞
它们成群而没有队形

仿佛做皮试的护士
那细微的针尖在肌肤上

水缸在角落整整齐齐
屋檐的水滴，像时钟落下
蜘蛛闲挂在门框上
“豌豆巴果，爹爹烧火”
布谷鸟将不再鸣叫
烧火的人也要不在那里了

老房子门前
葱郁的丝瓜正在结子
葡萄架下草在噌噌上涨
从这即将消失的董滩村离开
在董滩村消失前我消失了
我的鞋上沾满了泥巴

一只小龙虾，在潜江唱大戏

陶少亮（湖北）

1

张开第一对螯，就有一个武生相貌登场
东荆河的水就铿锵铿锵，打开了
平原，一方湿润又氤氲浮起的舞台

往前走两步，就有一个人舌尖上的日出
火红火红中，或清蒸，或爆炒，或卤腌
味蕾一瓣瓣，在花鼓戏的棒鼓和渔鼓声中无处遁逃

致命的诱惑，小龙虾登上潜江大舞台
食欲怂恿逆流的胃液，像迟迟不肯退场的戏客
每天，从午后伊始，到三更寅时
再到月银天边，媲美桌上，一盏盏空空如也的银盘

2

一个个小龙虾，弓着背，骑着水乡的涟漪
一路劈波斩浪，抵达可信赖的鱼米之乡

它们喜爱的饕餮之物——
水葫芦、水浮莲、蚯蚓、螺、蚌等等，都是丰盛的招待

虾兵蟹将，这一生
不来潜江这方舞台过招，比武
还逞什么强？

3

万亩虾塘，千里平原，十里春风
这是曹禺大师的故乡“原野”
四月五月桃花刚开，六月七月荷花又来
只有水沟、水塘、鱼池、湖泊，撺掇的水花一直在开

开出涟漪，也开出陷阱般的神秘荡漾
只有一个一个的小龙虾，在水中列队
一排排，是一行行诗的绝句

那个“雷雨”中叫蘩漪的美女，今天，如果她回到潜江
有一盆通体透明、红彤彤小龙虾作陪
一朵桃花，定会飞上她的脸颊
人面桃花相映红啊

4

从仲春到昊夏，从清秋到孟冬
不遑多让，小龙虾在潜江
一个千亿产值的大舞台上兴风作浪
从 20 年前的寂寂无名，到如今红遍大江南北
成为饮食界的旦角和主演
特别是晚霞初上

或五星，或小楼，或路边，或大棚
到处都托衬，小龙虾娇羞的面孔
似醉，犹醒，似新娘出阁，又似新郎毛手毛脚

用视觉打通嗅觉，用嗅觉链接味觉
大平原醉眼蒙眬，变成一张无边无沿的餐桌
又弯曲成，一口热气腾腾的大锅

5

大平原有自己辽阔的胃口，舌尖上有自己的曲径通幽
曹禺公园，梅园，潜江大剧院
你到此一游，可以把“原野”“雷雨”“日出”一幕幕
看成一只只小龙虾，久久品咂

我，也是一只，上不了桌面的小龙虾
在潜江生活了 30 多年
倏忽中穿过时光的原野，又在雷雨前一次次上岸
蒸蒸日上的潜江
透过火红的餐桌，是一轮轮幸福的日出

绿色潜江（组诗）

一江（湖南）

黄湾藕

人们说七孔藕软糯，宜煲汤
九孔藕脆爽，宜凉拌或清炒
可是黄湾藕有十一孔

黄湾藕是清水和淤泥
养育出来的
它有水的高洁，也有泥的质朴

它在黑暗的湖底
汲取，汲取，汲取
它内敛而丰饶

当一双双手把它小心翼翼捧出
当一双双手把它洗濯干净
它洁白，颀长
每枝均为三节
每一个孔都饱含着深情

一锅又酽又香的汤
足以抚慰我们疲惫的身心

潜江花鼓戏与草把龙

你一定要听一听潜江花鼓戏
民歌小调和方言是它的雏形
它又在江汉平原的高跷、渔鼓
三鼓棒和薅草歌之中
融汇，创新

它浓郁，风情
既属于潜江，也属于
世界上所有喜爱它的人们

来到潜江，你一定要看一看
舞草把龙

要多么有韧性的草
要多么结实的手
要多么有凝聚力的心
才能创造出这一条
腾飞的龙

旧体诗卷

鹧鸪天·返湾湖晚归

陈忠仁（广东）

湖似银盘屿似螺，夕阳饮得醉颜酡。飞飞鹭鸟天边没，漾漾莲舟云上过。　　轻摇橹，慢分荷，清风蛙鼓共吟哦。晚归不续桃源梦，却采星光一大箩。

谒曹禺纪念馆

雷秀春（四川）

天青雷雨后，日出大江滨。
烟水洇开画，园林盛满春。
戏中名姓老，台下面庞新。
一折几悲喜，犹思编剧人。

沁园春·咏潜江

徐超君（湖北）

馥郁园林，生态水乡，亮丽潜江。看棋盘沃野，嘉禾蓊蓊；诗图村寨，楼宇幢幢。稻海流金，棉田翻雪，谁泼丹青满画廊。清风里，听悠悠民曲，宛宛花腔。　　盈眸无限春光，引骚客、纷纷索句忙。有梅园吐秀，章台簇锦；返湾马赛，市井虾香。大坝安澜，小康到站，直挂征帆再启航。追绮梦，更云程风举，骏业龙骧。

曹禺公园梅苑赏梅

梅凤云（河南）

欲报春光雪满枝，凌寒倒影入清池。
凭谁得此天香妙？一树梅花一大师。

水调歌头·夜宿潜江

谭术泉（湖南）

荆楚繁华地，向晚下潜江，舟车一路劳顿，且歇莫徜徉。不料园林入梦，勾起江陵旧事，欲说话儿长。一棹随波去，胸胆俱开张。

搅星汉，惊宿鸟，水茫茫。忽呈蜃景，仙子邀我会曹郎。但见浮槎来去，更有龙虾佐酒，谈兴正高昂。梦醒掀帘望，霞蔚壮朝阳。

念奴娇·谨贺潜江龙虾节

秦凤（湖北）

清风伴我，看麦翻金浪，杉披青羽。惯听川流声浩荡，激起浪花无数。遍赏潜阳，久闻江汉，但醉萋萋渚。远天如洗，片云翻入诗句。

最巧模式标新，垄头添趣，连作双赢处。白石欣然停画笔，笑里执螯分箸。浅水优哉，良田交互，波溢千金富。向龙门跃，虾儿登上天路。

潜江梅苑

饶帮梅（贵州）

塔立斜阳桥立波，名人居处客如梭。

烟掩十里东城柳，水带千年南浦荷。
遥对湖亭云梦渺，长听花鼓土音多。
白墙迤逦春风道，梅韵清清未可罗。

满江红·潜江

高志明（湖北）

潜水分流，三千里、沧桑尽阅。云梦泽、气蒸江汉，米鱼不绝。未老章华台畔树，依稀故国郊原血。出英雄、挥大斧长镰，弥天裂。

东城柳，南浦雪；僧坐晚，湖邀月。落梅花满地、楚歌奇崛。水上园林青亘古，乡间花鼓传良哲。凭水杉、摹大美千年，开新阙。

古风：潜江吟

钟振振（江苏）

江之永矣汉之广，气蒸云梦势苍莽。
楚台章华百丈高，至今追思犹神往。
沃土一角称潜江，油城虾乡名皆响。
赤县百强舟齐飞，破浪争击领先桨。
中国话剧有大师，天才还劳地生养。
《雷雨》《日出》灿光华，彪炳文学龙虎榜。
长年粉墨演不衰，幕落久鸣震耳掌。
岂独莎翁产英伦？曹公神州亦无两。
吁嗟乎，禹之封兮舜之壤，山成阵兮水成网。
莫恨此邑只平原，斯人岳峙众峰仰！

念奴娇·访曹禺故里

杨怀胜（山西）

东方《日出》，正晴空万里，最宜游目。试问心舟何处泊？十里荷花新浴。红雨沾衣，翠云裹袖，人也如兰馥。江山醉我，早忘名利荣辱。　　道是楚韵如骚，吴音似水，赋得章台曲。襟抱渐开如海阔，绮梦向天高逐。浩气排云，乘风骋意，志在天南北。行吟画上，何须相问归宿。

怀曹禺

周其荣（江苏）

谁曾执笔倚雄才，唤日呼风动地来。
独立荒原飞冷雨，疾奔泥路起惊雷。
心含家国文含泪，气近云山格近梅。
台上乐忧真本色，百年犹自触情开。

谒曹禺故居有怀

李如意（江西）

心有乾坤气自雄，我曾来此谒曹公。
千秋事业一台戏，百代声名两字功。
笔底江山真故国，眼中日月逐春风。
如今芳草年年绿，流水潺潺意不穷。

浣溪沙·返湾湖湿地

蒋健康（湖北）

平野明珠百世埋，蓝图唤起幸何哉。美人故事绕亭台。　　芦苇轻摇云带水，荷花半启露盈腮。遥知客共鹭归来。

行香子·夏游返湾湖

赵晓生（河北）

天赐清嘉，万象更新。任徜徉阆苑怡神。碧波澄澈，水鸟成群。感莲生幽，柳生趣，水生魂。　　水乡泽国，亭台楼阁，泛扁舟逸兴垂纶。利名渐淡，荣辱成尘。醉湖中诗，诗中画，画中人。

赞潜江小龙虾

卢素兰（湖北）

域外传来未敢夸，农夫巧手理根芽。
稻田连作原生米，甲壳精开科技花。
链接千门新产业，风行四海小龙虾。
邀得白石山翁在，大写丹青入万家。

水调歌头·潜江行吟

刘葆华（山东）

千载控荆楚，俯拾尽诗章。湖湾如织罗带，洲渚水云长。漫说莼鲈佳兴，细品龙虾盛美，醉里认仙乡。载酒棹舟去，横笛试清商。　　章华台，云梦泽，忆苍茫。曹公雷雨，长教天下仰文章。承继梨园精彩，吟咏油城豪迈，且共举霞觞。万顷江天阔，骏业正腾骧。

水调歌头·怀曹禺

李太东（黑龙江）

梦铸激情里，江汉起心中。惊雷狂雨何惧，日出映苍穹。文与莎翁媲美，戏让汉卿有愧，椽笔欲生风。宠辱自无畏，家国在襟胸。

留诗韵，存剑气，赋英雄。马昌湖畔，几多感慨草葱茏。塑像巍巍瞩目，品格萧萧如竹，岁月莫匆匆。一缕乡思寄，无处不从容。

鹧鸪天·看《雷雨》

陈镇（河南）

看尽人间爱恨情，今宵不觉泪盆倾。欲分台上三更夜，已忘窗前万点星。　怜含怨,计连城。宫商角羽不堪听。人生如戏谁来演?笔下雷声共雨声。

秋游潜江曹禺公园乃赋

张青松（河北）

秋来梦泽逐文雄，秀雅梅园沐晚风。
曳曳残荷飞绮阁，泠泠碧水卧桥虹。
君游惊世鸿篇里，谁脱浮生大戏中。
立像凝神遥望处，一湖烟雨正蒙蒙。

潜江草把龙（孤雁出群格）

黄佳武（广东）

因循汉代古遗风，春到潜江喜气浓。
墟里铜锣敲作乐，手中稻草结成龙。
翻腾浑似真龙现，歌笑宜同盛乐逢。
赢得一年好伊始，唤来甘雨润三农。

过潜江

谭俭方（广东）

远天连碧野，白水绕千家。
香过风吹稻，光浮鱼戏虾。
轻云生梦泽，落日枕流霞。
羡此田园好，行行又驻车。

水调歌头·楚章华台遗址临眺

王宇（湖北）

驰目角楼上，江汉一望收。九霄高气频送，鼓浪荡心舟。楚袖纤腰何处，但见风摇苇絮，隐隐笛声悠。历史坐标点，惆怅是清秋。

时空转，人事改，意方稠。动车呼啸，长把好梦未来邮。最暖村居烟火，映照虾田稻垛，霭霭晚霞柔。浩渺河湖水，洗尽古今愁。

为潜江两大国际赛事点赞

张春训（湖北）

潜马单车赛事稠，前随春涌后随秋。
飞毛腿逗黄鹂啭，风火轮驰碧树浮。
赏爱已非纸上语，行藏自是画中谋。
潜阳盛事笔难尽，钩月疏星吟小楼。

满庭芳·大美潜江

刘喜成（上海）

出彩明珠，水乡魅力，长歌大美潜江。琼楼掩映，醉百鸟齐翔。绿遍苍林花雨，收望眼、聚宝深藏。览新貌，激情似火，奇迹蕴辉煌。

桥边多韵味，民歌驰誉，戏剧华章。漫留得，诗吟古迹流芳。此际谁堪共赏，红霞衬、如画风光。沙鸥引，车来客往，醉也共飞觞。

浣溪沙·潜江印象

陈亮（四川）

只见蓝天不见霾，水乡寻梦自优哉。园林都市画屏开。　　千古人文皆是戏，满城才俊尽登台。曹禺故里客频来。

临江仙·虾市

夏家新（湖北）

自古潜阳多美味，又添油焖龙虾。盆盆珠玉赛红霞。闻香人止步，知味客常夸。　　早有靓名传外埠，招来无数商家。车多地窄满横斜。

杯声浓酒兴，醉态演繁华。

鹧鸪天·园林科技工业园[1]掠影

刘道恺（湖北）

绿树葱茏花草香，琼楼雅致掩芸窗[2]。这厢机器荧光靓，那壁银屏影像详。　　人倜傥，话铿锵：潜江绘彩咱增光。模盘捭阖丝绸路，猎猎红旗万国扬。

沁园春·神游荆楚之潜江

王博涵（湖北）

背靠巴邱，园林水国，绚丽富州。演商周宫院，树荆立楚；隋唐烟雨，封地称侯！泰斗曹禺，先驱汉俊，享誉中华纵可讴。沧桑史，有几多悲壮，几许风流？　　遥望新月如钩，今更美，风光耀眼球。喜荆河东去，运粮输帛；龙湾北枕，藏铁流油。水阔湖天，山高林海，嵌玉镶金不胜收。心神往，醉乡间花鼓，莲藕鱼头。

乡野印象

——仲夏踏东荆大堤有感

郭传龙（湖北）

蜗居城中闷，郊原闲踏访；
登高东荆堤，顿觉心胸旷。
天阔流云淡，水长潋滟光；
堤林葱茏秀，野风拂面爽。

---

① 园林科技工业园位于潜江城区西南，已成为潜江一道亮丽的风景线。

② 科技机构和团队办公所在地。

远滩白鹭觅，河面渔舟荡；
彩蝶身边舞，鸟歇枝头唱。
村落闻鸡犬，遍堤走牛羊；
麦收余香浓，豆禾新绿妆。
农人喜耕作，田歌随风漾；
曲含水乡韵，情寄花鼓腔。
聊发柳下客，悠然话城乡：
城里风景好，乡野不相让！

采桑子·村头即景

郭传龙（湖北）

田翁垅上心花放，遍地金黄。籽满芒香，喜待开镰尽入仓。
村姑柳下欢声朗，比试衣裳。竞说描妆，靓照相拍寄远方。

小龙虾

潜夫（湖北）

身披犀甲赛金刚，挥舞双螯意气扬。
虽向蟹哥称小弟，却从龙号举高章。
红装炙热登华宴，素裹清凉赴远洋。
带路风光千万里，真滋美味在潜江。

诗乡见闻

潜夫（湖北）

乡间五月石榴红，楼舍青青翠柳浓。
虾市沸腾微信网，田头喧闹麦机隆。

清歌一曲清平乐，古韵三声古朴风。
最是夕阳无限好，还看白发舞翩鸿。

水调歌头·故乡梦

——再读《我是潜江人》

萧本义（湖北）

敧枕梦莎士，羁我老村夫。念君难释，乡土情结识乡书。漫道树高千尺，唯愿飘零一叶，桑梓护根须。月冷木樨里，魂聚玛瑁湖。

水灵秀，亲更美，意犹如。先生应慰，香破梅苑戏之都。虾埠朝霞蒸鼎，乡月壶天沉璧，走笔画舆图。誉饮明星市，合赏夜明珠。

三峰亭即景

萧本义（湖北）

文光贯斗耀星庭，亭耸三峰湖亦名。
雷雨云开迎日出，梅园香破放新晴。
乡心回梦昔时月，芳草同晖今夕城。
小石桥头怀巨匠，故人不见戏都荣。

返湾湖湿地公园拾韵

孙光尧（湖北）

湿地堆烟秀色攒，水光潋滟自天然。
风吹莲叶一湖翠，鸟翥秋空镇日欢。
云树环堤荫游客，锦鳞击浪叩船舷。
神游醉采波峰句，蓬岛归来缀短篇。

积玉口镇移民新村掠影

孙光尧（湖北）

结伴游观永乐村，春风拂面景怡人。
琼楼栉比禾坪阔，乡路平直道树珍。
百鸟枝头吟玉曲，千花院落竞清芬。
巴音楚语欢如旧，向晚湖滨响鼓琴。

望海潮·游潜江戴湖百卉园

张春训（湖北）

暮春三月，霞飞雨霁，相携诗友描春。游兴正浓，童心未泯，寻欢旧赏园林。泥径探幽深。看樱花烂漫，紫玉香薰。溢彩流光，海棠更喜看花人。　　卉园自摄心魂。恰漫行垅亩，醉卧芳茵。飞蝶弄晴，黄莺唱晚，徐徐风拂瑶琴。心澈转冰轮。对景吟佳句，尽享良辰。怎得东君厚爱，留住黛湖春！

曹禺公园

——“潜江新八景”之一

徐超君（湖北）

燕剪云天草色新，文园雅客往来频。
我因泰斗三游苑，梅为宗师独占春。
应节和风催冻笋，知时好雨涤缁尘。
谁吟一首《莺啼序》，碧柳依依拽韵人。

老乡情

李家知（湖北）

雷雨甘霖泽水湾，东方日出耀城关。
泪流只为潜江恋，鬓白更思故地还。
谁许龙虾金稻戏，任从旅客楚宫闲。
高腔渔鼓雕皮影，云梦曹禺动笑颜。

潜江简笔画

李家知（湖北）

龙兵百万入潜城，红甲肥螯巧制烹。
刚别秧田离地网，又登餐宴佐天羹。
清蒸味爽渔乡意，蒜伴虾香汉水情。
相聚友朋斟玉酒，高腔花鼓晃金觥。

返湾湖秋景

柳洪（湖北）

荷枯荻白水淙潺，细雨秋风润返湾。
湿地鸟翔千样景，诗心飞越万重山。

菩萨蛮 · 紫月湖公园

李祥富（湖北）

红梅紫月平行路，堆烟杨柳无重数。松竹隐虹桥，斜阳湖影摇。
水滨泉涌幻，声乐冲霄汉。男女舞春风，普天康乐同。

潜江即韵

林锦城（广东）

一声雷雨拓荒人，日出东方原野春。
月色重温云梦泽，故园回绕汉江魂。
码头拓胜谁飞韵，泽口寻芳我问津。
水月龙湾文脉古，章华台外景观新。

雨霖铃·晴窗怀古兼寄曹公

邓威（山东）

清风如穆，月华初起、复照新竹。晴窗碧透春色，星河入望、烟云轻逐。向晚空庭，草木对眠夜相续。枕上梦、梁下书声，漏断三更剪银烛。　　梨花落尽潇湘曲。引丹青、墨染无重数。深浓浅淡勾画，形且似，意神难足。素笔分辉，试写当年带雨颦蹙。疏影里、愿许余生，有艺文长筑。

蝶恋花·咏潜江水杉主题公园

夏桂芳（湖北）

绰约风姿颜色俏。四季风霜，不改当初貌。身似标杆云朵召。楚乡留住南飞鸟。　　立足荒原亲地表。风送微波，惬意推林杪。主席题词谁最好。水杉第一无分号。

望海潮·游曹禺公园感怀

周栎（湖北）

风徐烟柳，蝉鸣幽径，一池菡萏馨香。云染碧波，桥横翠幕，坐亭欢沐斜阳。彩蝶舞霓裳。恰楚歌悠婉，诉尽情长。登览楼台，慢吟遗墨忘愁肠。　　先生最爱潜江。纵鹏程万里，常挂心房。虾壮稻垂，油腾果硕，小城今迈丰康。繁庶似苏杭。回望章华路，火树银装。留此伊人相伴，缱绻醉仙乡。

念奴娇·潜江龙虾

张晏学（湖北）

灵虬腾跃，在池塘弄景，田园寻趣。正是稻禾流馥季，伴着蝉歌蛙鼓。稻管虾弦，金弓玉键，合奏潜江赋。天高气爽，喜看催浪龙舞。

最爱香色盈盘，蓬蓬烈火，燃在情浓处。美味乘风飘四海，引得五洲欢箸。江汉名肴，楚天珍品，白石叹无釜。匠心神技，拓开圆梦新路。

江汉油田

李光前（湖南）

油气深层久富藏，逢辰开采动尧疆。
利民未负苍天意，报国频书锦绣章。
三万员工勋赫赫，卌余岁月业煌煌。
高科伟器催风举，振起鲲鹏展翅翔。

念奴娇·秋游潜江杉树林

孙士芳（湖北）

凭栏眺远，见杉林万亩，干高亭翠。万道霞光斜射与，彩彻氤氲交汇。潋滟波光，参差倒影，白鹭斜飞起。层林尽染，灿然湖静人醉。

偶有三两游人，穿林携手，背影成多俪。起舞徘徊风露下，今夕不知何矣。坐久冥思，清风阵阵，似有深凉意。斜阳疏影，一惊鹈鴂声唳。

如梦令·潜江马拉松赛道

罗金华（湖北）

片片琪花碧树。顿觉风光无数。丽影漫溪云，销得枝头新句。真趣，真趣，绿了悠悠脚步。　　桥下蛙声若鼓。且有莺声相助。凭叶扇摇风，欲把清新留住。回顾，回顾，谁洒汗珠一路？

水调歌头·潜江

刘献琛（山东）

江渚壅云梦，泽国化平畴。龙湾遗址惊现，宫陛隐高丘。筒瓦铜铺方柱，贝路层台累构，人道楚灵游。秦月不曾照，绝影两千秋。

沧桑事，说慷慨，唱风流。鼎元笔架山筑，铁血静庵酬。望志开天昆仲，徐李赤生伉俪，烈烈共工头。日出历雷雨，云锦九天浮！

水调歌头·潜江游

魏丹（广东）

久羡油城美，今日到潜江。丝丝春雨，濯洗千里菜花香。览却田关风景，赏罢汉江民俗，皮影老歌腔。最是龙虾馆，柳送晚风凉。

章华台，伏波庙，德馨堂。桑田沧海，忍见往事付流觞。北斗马昌相伴，梅苑袁桥相望，山水蕴华章。好梦追来日，大道正康庄。

今日潜江燕归难

赵方清（湖北）

精准扶贫到水乡，春回不见旧砖房。
入云楼宇比雄伟，照影新墙仿古装。
遍访街坊穿陌巷，又寻北垸进南庄。
归来反复盘旋久，何处衔泥老地方。

沁园春·曹禺

闫青（新疆）

不是江郎，不是莎翁，不是战狼。是沉沉永夜，一声呐喊；茫茫原野，几幕炎凉。海上当年，曾惊雷雨，日出煌煌照北邙。凭谁会，把平生苦闷，都付文章。　那堪离黍徊徨，到戏里台前作醒狂。忆南开岁月，才情崭露；清华水木，琴瑟悠扬。换了新天，胡为心倦？空负中宵楮墨香。公知否，正人间喜剧，次第登场。

虾　潮

林小明（湖北）

是谁研发紫衣葩，搅动潜江千万家。
至北由南围坝堰，呼童携媪植芳芽。
累趴送货饲苗商，赚足回收快递娃。
网页搜开寻客户，留欧众仔笑蒸虾。

潜江森林公园

贾东苏（江苏）

余踪今著野塘边，漫洒欢悰挂碧涟。
情剪闲云摇荡梦，水编细浪忽悠船。
偶来沙羽息花影，时有草香迷柳烟。
收起心潮身向去，眸光出窍任风牵。

赞我潜江

刘其祥（湖北）

百里潜龙出海涛，乘风跃上九重霄。
红虾香稻誉寰宇，新卉古杉翻嫩潮。
南浦诗词情韵酷，西城油化产值超。
金秋收获金仓满，放眼园林道阔辽。

谒曹禺铜像

李远鹏（湖北）

六出纷飞寒意浓，柏松肃立大师风。
开山之作雷声震，结社而行气势虹。
佳剧名留称泰斗，梨园业就誉莎翁。
躬身拜谒情思寄，故里月明梅朵红。

重访曹禺祖居

李远鹏（湖北）

林木幽深曲径长，斯庐博物古风藏。
万家文脉流云汉，一代宗师绣锦章。
伫立日升龙凤舞，沉思云拥虎狼狂。
再游犹觉惊雷响，梅蕊竞开庭满芳。

沁园春·潜江吟

朱永兴（江苏）

江汉茫茫，气象皇皇，云梦泽天。看平畴漠野，碧萦岗地；丛林沼泽，绿洒湖川。桥韵千钟，章台万古，烟笼郊原客梦牵。江滩上，漫情歌清逸，陶醉苍鸢。　　韶光如此斑斓，更看取水乡景物妍。叹油城云沸，芯腾宏业；堤防林立，虾戏稻田。花鼓清圆，草龙欣跃，百里长渠水正欢。东风劲，正潜江潮起，雄骋千帆。

离亭燕·潜江返湾湖（新韵）

张伯利（陕西）

倒影浮屠横碧，云梦大泽镶玉。琵鹭衔来歌一首，熨透湖光天趣。笑靥惹芙蓉，搅散三千霞绮。　　岛上好观飞羽，桥上可聊莺语。也把游丝垂四季，钓满一湾烟雨。水墨染升平，装满诗囊新意。

咏曹禺祖居博物馆

姚铁飞（辽宁）

惠泽书香世代荣，仙居嗣雅振家声。
湖光映馆花衔露，柳色摇窗稻割秤。
笔写乾坤欣日起，星辉岁月伴雷鸣。
谁倾耕读千篙雨，正味斋前一片清。

过潜江赏农村新景

郭根山（陕西）

车驰云梦日偏斜，惊诧诗乡遍物华。
白鹭水边鱼与藕，东荆河畔稻和虾。
骚人喜咏村中景，画匠欣描湖上花。
仰望五星旗猎猎，惠风甘雨送农家。

水调歌头·返湾湖

李小英（湖北）

千丈翠帘峙，染绿一湖波。洞庭分得清露，泅作碧青螺。举义英雄无悔，怨怒佳人唯叹，尘世几消磨。白鹭未谙解，兀自戏汀莎。

先且去，游花径，赏新荷。娉婷照水，舟楫摇荡采菱歌。徊忆荒滩畴昔，稻送香风此际，宾客织如梭。十里柳堤共，清气入心阿。

沁园春·潜江新貌

李跃贤（黑龙江）

广袤平原，交错河流，浩瀚潜江。看浪花追逐，云帆荡漾；龙虾嬉戏，岸柳徜徉。鱼跃乾坤，稻香两岸，蜃景缤纷鸥鹭翔。襟怀远，任弄潮击棹，气宇轩昂。　　荆风楚韵铿锵。多豪迈、殷勤奔小康。有莲花千亩，油田万顷；曹禺享誉，梅苑留芳。湖泊星罗，园林绿化，经济腾飞步百强。同圆梦，正丹青俊笔，频写辉煌。

曹禺公园书所见

杜小波（湖北）

鸟啭林荫竹菊娇，晨间舞起客如潮。
一塘影摄千重碧，双桨船歌七孔桥。
茶话湖心说雷日，戏排山下有翁髫。
犹欣石像行经处，五字铿锵上九霄。

西江月·曹禺公园览胜

生吉俐（北京）

绿缀烟光数点，红争霞色三分。几经雷雨洗芳尘。添了一园清韵。

幽燕斜依曲榭，夕阳尽染黄昏。谁人笔底彩缤纷。好作春天陪衬。

潜江绮梦

陈非凡（广东）

水乡浩浩毓钟灵，楚韵悠悠出众星。
眼底金黄铺沃野，耳边花鼓响天庭。
蓝图拔萃千园秀，皮影迷人百世馨。
跃动蛟龙江汉涌，烟帆载梦踏沧溟。

秋日潜江怀曹禺先生

余减租（湖北）

香稻金黄又入眸，海天人去不回头。
一篇雷雨存遗响，万缕清风绕故楼。
圣代已开新国运，骚魂应释旧乡愁。
诗坛欲借先生德，吾赶时髦竞放喉。

忆曹禺

刘耀路（福建）

马昌湖畔梦依存，百十年华忆故人。
雷动九州惊天地，日出四海耀乾坤。
一方剧场迎寒暑，三尺书台写秋春。
犹念斯君情未远，万家灯火共心温。

过潜江思曹禺先生

莫增清（广西）

根在潜江生在津，赋成雷雨韵犹新。
中华戏剧花千树，数到曹公最感人。

曹　禺

马建勋（辽宁）

明月潜江遗故庭，乡音渐杳誉犹听。
雷雨方消迎日出，人生已逝载文荣。
艺海博深遨梦老，笔尖沉重唤心醒。
舞台多少悲欢事，演尽红尘肉与灵。

赞曹禺

王丽娜（上海）

惊雷开辟云图业，呐喊时人起梦中。
已向荒原承史卷，更从旭日觅情衷。
文心书尽他年事，剑气留成故地风。
此处渔歌听也醉，潜江明月忆曹翁。

忆曹禺先生

程宗功（江苏）

凭君笔底卷雷声，一片痴心雪筑成。
于剧本中明哲理，至悲情处演人生。

馆中已了余埃尽，心内依稀回梦轻。
犹幸今朝聊胜往，风烟且罢作书评。

题曹禺纪念馆

唐本靖（浙江）

多少先生迹未移，我来不必苦搜奇。
雷鸣四海无声处，日出东方有焰时。
栩栩人真能入境，斑斑字已看如痴。
马昌湖里江湖事，除却荷花更孰知。

水调歌头·曹禺故里潜江行

陈唐文（广西）

一书知楚地，千里觅潜江。水乡初霁，雀鸣蜂舞菜花黄。信步梅园香径，属意曹禺祖宅，纪念馆中详。日出舒来客，原野焕春芳。

尝烧粑，嚼豌豆，品螺蛩。千年韵味，街巷茶铺客盈堂。昔有瘦腰曼舞，十里章华宫阙，只惜已茫茫。返望湖边酌，舟楫向天航。

阮郎归·观《雷雨》感怀

胡健（重庆）

霜凝露重薄衾寒，长嗟世道难。风摧并蒂叶枝残，伤心形影单。
雷雨后，换新天，荒墟花树繁。鸳鸯有幸戏尧年，天涯月正圆。

浣溪沙·曹禺

黄桂珍（深圳）

一缕乡愁入梦萦，潜江山水暮年情，文坛戏剧世人惊。　　雷雨声销红日出，艳阳天现彩桥横，春归原野百花荣。

贺新郎·谒潜江曹禺公园

谢良喜（江苏）

迢递潜江路。恰秋来、寒催水阁，碧笼林圃。千里园区连新馆，掩映桥亭几处。日脚静、湖光如缕。过客往来瞻大雅，更晚来、万点鸥凫舞。云渐寂，月初吐。　　长廊且为公凝伫。忆当年、生无依藉，少而孤苦。行遍平津情犹健，一旦才倾学府。舞台上、名成雷雨。日出中原惊蜕变，尽峥嵘、合比三都赋。凭著作，卓千古。

访潜江曹禺公园感怀（平水韵）

张志鹏（山东）

荆楚千年才气深，曹公文字耐追寻。
挥毫跌宕惊雷雨，著作崔嵬峙艺林。
竹拥苍穹悬赤胆，月明皓首鉴初心。
如今唯有清风在，独向潜江细细吟。

拜谒曹禺先生纪念馆

侯志平（深圳）

三千光影龙蛇舞，点缀生平著作繁。

剧界昆仑空仰止，奇峰谁更出昆仑。

过潜江曹禺祖居

陈焕湘（广东）

雷鸣日出昔尤闻，名满神州卓不群。
仰止平生终许我，今朝梅苑揖清芬。

读曹禺感赋

张秀娟（河北）

剧情如镜照红尘，笔底千秋看更真。
莫道台前多反转，有谁不是戏中人？

又到潜江

杨臣良（湖南）

再入油城莫问因，曹禺故里戏重新。
花林共水描生态，虾蟹同人竞写春。
句妙两圈枢纽位，篇谋二带要津陈。
谁人又把风流演，尔作主来我作宾。

赞江汉平原明珠市——潜江

王庆元（湖北）

中分二水润潜江，物阜民丰好地方。
油焖大虾羞御宴，园林青酒胜琼浆。
荆州花鼓京华动，江汉油田脚下藏。

水陆交通连欧美，千年古泽变康庄。

大　师

段巨海（山西）

笔底风云卷巨澜，九州危困似沉船。
听雷炸响宵难禁，闻雨浇愁夜不眠。
日出方知前造孽，重来须是再生天。
潜江不歇流千古，还映春山碧月圆。

章华台

孙海东（浙江）

潜江古迹见章华，不复王宫旧日家。
燕子无知飞故地，柳条欲问向桃花。
春来苦短贤君少，秋去风寒楚女嗟。
至此细腰多饿死，三千年事在天涯。

游潜江

仲仕明（四川）

曹禺故里忆名家，鱼米仙乡路不赊。
云梦荒台人语远，楚王旧苑夕阳斜。
相倾青酒吟今古，得睹油城寄岁华。
说唱歌腔皮影戏，火锅三味焖龙虾。

曹禺纪念馆感怀

程安林（湖北）

沐浴风云砥此身，两湾泉水向阳亲。
一场雷雨惊千地，四大宏文动万民。
美戏你曾当主角，散文我是潜江人。
中华莎老谁如似，创作名家是剧神。

纪念曹禺先生

穆贵春（黑龙江）

曹公本贯自潜江，四剧鸿篇绽曙光。
雷雨天风抛玉露，明妃凤辇恋家乡。
牌楼旧故源承地，戏院新甍客满堂。
占尽千眸春几许，倾全一臂助芬芳。

仰曹禺

郑贤（内蒙古）

博文深蕴仰才奇，绽放辞花吟国时。
首首弦歌飞韵笔，篇篇赋律颤桠枝。
倾心余事艺旌举，洒意丰碑史册痴。
百载惊眸怀巨匠，后昆崇敬一名师。

满江红·曹禺礼赞

赵书成（甘肃）

中国莎翁，戏剧界、曹公备极。雷雨始、续篇原野，北京人出。清德艺文功卓著，精忠乡土词盈积。勇呼喊、要唤醒平民，强魂魄。

工农苦，天地窄；星辰转，光阴易。喜世事移迁，大众丰获。腐朽排除前景阔，新生将至征程急。谱经典、雅韵赞潮流，乾坤赤。

游潜江有感

李良松（湖北）

胜日寻芳汉水滨，八方景物满眸新。
章华古迹今重现，赤县莎翁史永珍；
滚滚原油源地海，滔滔洁水至京津；
环湖飘彩龙虾舞，璀璨明珠赛丽春！

题潜江紫月湖公园

李良松（湖北）

城市边陲素练傍，相传天赐大银塘。
如今创建休闲地，从此更披锦绣装。
碧水红莲藏鲩鲤，青山绿树引鸾凰。
彩虹绚丽凌空舞，忘返游人喜若狂！

魂归巢（怀念曹禺先生）

常习芳（北京）

一生若飞鸟，总栖他山林。
阅尽千山秀，呓语故土亲。
振翮云梦泽，章华闲啼频。
游魂归巢急，潜江月如银。

曹禺公园有怀

李声满（湖南）

年少峥嵘见角芒，笔锄先拓戏园荒。
因呼若士为知己，不遣莎翁擅胜场。
原野自喧雷雨夜，梦魂犹系水云乡。
遥看日出楚天碧，游子归来诗一囊。

赞潜江

陈平平（湖北）

地下原油映彩霞，稻田潜入小龙虾。
水乡织锦千秋梦，人杰曹禺誉万家。

咏曹禺

阙晓波（湖北）

雷雨横空显俊才，梨园支脉自君开。
云蒸风靡新文化，地覆天翻旧舞台。

许是莎翁重返顾，直疑曲圣[1]又回来。
登峰傲世人尊仰，一代宗师比斗魁。

咏曹禺故里巨变

王继荣（上海）

戏剧大师心愿留，潜江奋进展宏猷。
田关河畔繁花绽，窑岭村前碧水流。
经济腾飞登阔路，城乡变化上高楼。
众多美食群黎富，堪慰曹公壮九州。

戏剧家魂归故里

艾国林（湖北）

诞辰百十故乡回，高井油田柳作陪。
云泽夜阑呼日出，曹翁雨霁听花开。
频敲三棒鼓声闹，又唱二弦民曲来。
更喜园林添一景，村姑野老上诗台。

文章华国

钟大云（云南）

——谨以此诗纪念中国现代戏剧泰斗曹禺先生诞辰110周年！衷心祝愿湖北省潜江市乘风破浪、扬帆远航！

锦绣神州龙腾苍，千湖之省美潜江。
天地灵气育奇才，曹禺故里话沧桑，

① 曲圣指关汉卿。

戏剧泰斗吟绝唱，反帝反封雷雨狂。
小石添甲万家宝，文章华国日东方。
敢爱敢恨履铿锵，矛盾冲突原野旷。
语言鲜明北京人，莎士比亚中国腔。
撕裂黑暗黎明降，同心逐梦鱼米乡。
碧水青山甲江汉，横空出世诞巨匠。
艺苑生辉光万丈，高山仰止颂福康。
是非功过任评说，铮铮铁骨挺脊梁。
云蒸霞蔚景色靓，与时俱进创辉煌。
县域经济弄潮头，综合发展占百强。
北亚热带季风爽，无霜期长多雨量。
三月螺蛳四月蚌，回头青酒米茶香。
巍巍油城豪情壮，七千九百亿盐场。
皮影雕镂潜半夏，花鼓阵阵楚天唱。
龙虾大虾旺排档，冲担锅盔暖饥肠。
汤酽味美黄湾藕，家常菜肴花糕黄。
五湖四海誉八方，两圈两带酿蜜糖。
大师慈眉九泉笑，赞我潜江欢歌扬！

西江月·曹禺

熊湘东（湖南）

匝地氍毹众相，当场粉墨多姿。莎翁并轡共驱驰，演绎东方故事。
莫道忧欢如梦，相教笑骂成诗。马昌湖畔探梅时，春色衔来万里。

好想潜江

张景一（重庆）

巴山汉水两相偎，泽口田关叹久违。
每梦荷间粳稻熟，常思柳下鲤鱼肥。
园林油气成名片，光缆龙虾夺首魁。
偶问亲朋身体好，开心一阵谑声回。

咏曹禺园林

胡仓宝（湖南）

雕像点题入眼神，步移景换醉园林。
民居院落古乡色，滨水舞台荆楚音。
无束草坪容阔步，长闻亭阁抚鸣琴。
欣观阆苑繁花日，众仰大师任雅吟。

缅怀曹禺先生

周炜才（福建）

抑郁人生孰可怜，任由寰宇闪雷阗。
南开致学无愁苦，国立弘书有铁肩。
三部浓情春化雨，一腔挚爱戏连篇。
复兴文艺终张翅，日出京城众仰贤。

临江仙·曹禺

宋江明（湖北）

世纪风云谁可避，凡间雷雨纷纷。满怀悲悯说红尘。几时看日出，何处解修身。　莫道文章惊海外，情思源自纯真。放飞原野更精神。乡愁终不断，还做潜江人。

观江汉平原皮影戏

鲁强（山东）

简影千般事，单屏万缕情。
楚风渔鼓唱，我意久难平。

曹禺祖居抒怀

董志明（湖北）

屐履章台着绮霞，马昌湖畔访诗家。
朱甍黛瓦德馨涌，白壁紫墀灵性姱。
新构画廊承艺术，精雕梅苑展奇葩。
大师谱牒传经典，戏剧音容载客槎。

有感于潜江曹禺故里

陈思厚（四川）

曹禺故里写春秋，古韵传承戏曲讴。
皮影登台惊艺苑，民歌掠宇荡云绸。
铿锵花鼓纷呈艳，幽韵琼花聚汇悠。

璀璨文明垂史册，非遗载誉美名留。

赞潜江黄湾藕

徐向忠（江苏）

黄湾白藕岂寻常，粉厚汁甜誉四方。
三节一枝鲜又嫩，荆州菜谱敢称王。

读《雷雨》怀曹禺先生

罗伟（上海）

一代人龙出鄂东，百年戏剧独推公。
澄清浊世须雷雨，开辟新声自俊雄。
巨著晚虽惭托氏，大名早已并莎翁。
君书十遍临窗读，海鹤精神想象中。

曹禺公园印象

杨小华（湖北）

湖光滟滟水悠悠，九曲虹桥照影柔。
十万芰荷烘日出，三千杨柳拥云游。
亭台遗梦精神老，雷雨无声意气稠。
花动文心原野上，无边春色竞风流。

行香子·曹禺故里

肖本农（湖北）

天也蓝蓝，地也青青。隐几多画纵诗横。远来珠履，近悦流莺。

看林中城，城中水，水中菱。　　久钟灵秀，犹钟人杰，任曹公大笔谈经。曲凭三部，大象无形。似春之雷，日之出，角之声。

浣溪沙·章华恋

章启明（湖北）

落尽繁华见素妆，高台煮酒说炎凉。湖天一色野茫茫。　　曲岸含娇莺弄柳，芰荷滴翠水沉香。此心应许在伊旁。

纪念曹禺先生诞辰110周年

赵忠亮（山东）

戏内人生戏外情，风云史册写来轻。
或忘青冢昭君泪，永记当年雷雨声。
百载话坛留一角，潜江故土有芳名。
莫论才气江郎笔，自古谁能天意争。

返湾湖风景区抒怀

傅渝（重庆）

闲行水墨画图边，撑出曹翁故里船。
翠托荷盘幽夏梦，黄分谷穗灿秋钱。
五光未扫霞流地，万翼犹惊鸟拍天。
明月摘来为钓饵，抛竿岸上坐神仙。

咏曹禺故里

曾德枝（湖北）

碧草依然识旧人？曹公故里拜文神。
园林吐翠乡风畅，绿水生波民意淳。
泻玉喷泉甘露洒，吻眉蝴蝶稚童亲。
虾城品酒添诗味，醉月酣熏欲落尘。

减字木兰花·潜江秋怀

黄永强（甘肃）

山高水阔。寄遍流云无一抹。梦点梅妆。寂寂疏桐怨夜长。
青丝未结。醉里春风容易别。谁与同觞。唯有西风送菊黄。

潜江风光图

江家申（湖北）

秋晖冬霰又春花，雷雨一场润万家。
凫雁泽中叼蚱蜢，螯虾稻下掘泥沙。
龙潜扎草腾空飒，鲤跃吞荷击水哗。
半夏娇羞潢漾绿，园林青酽醉流霞。

潜江赞咏

李元庭（浙江）

赋诗赞咏石油城，江汉平原树一旌。
草把龙欢腾盛世，章华台古荡幽情。

养虾万顷嘉誉享，置县千年贵客迎。
特色水乡观日出，曹禺故里听雷鸣。
返湾湖畔东风起，纪念馆中渊意生。
联动四区成集聚，振兴全域庆繁荣。
宏图新绘精神奋，福地安居境宇清。
且喜征途笙管奏，同心逐梦又前行。

曹禺公园先生铜像

李道久（湖北）

马昌湖本水乡田，近日琼州玉渚连。
岑伴亭台秋月影，林穿桥榭晓云烟。
红荷翠柏藏高节，画舫游人颂巨篇。
凝伫从容观故里，先生归梦在今圆。

西江月·水乡秋韵

陈喜元（湖北）

玉镜分辉秋色，翔鸥摄影湖光，红虾竞秀赛霓裳，妙在水晶戏浪。
梅苑小酌更好，章台吟啸何妨，幽然心会兴徜徉，谈笑芦荻塔上。

沁园春·水杉礼赞

郭义敏（湖北）

一脉清奇，两望浮云，四季荡风。倚平原屏列，植躬百顷；湖川玉立，俏影千重。点翠摇波，撷英含露，似塔擎天气势雄。怡人处，恰桃源胜景，蓬岛长虹。　　姗姗千古葱茏。曾见证鹏云系宇穹。又谦谦君子，情怀冰雪；浓浓巨擘，抱负莲宗。稳惬沧溟，安贞襟袖，举剑兴廉旷世功。添新纪，拓群贤丰采，誉满寰中。

潜龙腾飞

庄传富（湖北）

汉水之滨紫气隆，潜龙翘首正云彤。
先驱李氏传真理，泰斗曹公破旧笼。
改革兴农村镇美，求新助企稻虾红。
家乡巨变呼雷雨，振翅腾飞上九重。

夏之返湾湿地

熊喜萍（湖北）

潺潺碧水绕湖堤，袅袅芙蓉立藻泥。
可恨蜻蜓归去早，便邀满月纵情嬉。

纪念曹禺先生诞辰110周年

李齐林（湖北）

名扬海外远天涯，巨著经纶举世夸。
原野书斋声掷地，北京人艺爱临家。
恩波楚泽清风鼓，瑞霭潜江紫气霞。
雷雨催红遍新绿，东方日出耀中华。

高阳台·潜江礼赞

周咬清（湖北）

江汉明珠，千年漫没，今朝重现华光。降伏灾魔，涝洼鲲化粮仓。

工交健步桃源路，教科文、商贸隆昌。水云乡、物阜民安，长发其祥。

沧桑巨变非天赐，赖披荆斩棘，不懈梯航。勠力同心，先行奋勇担纲。四区联动兴全域，绘骏图，博采良方。巧施行、锦上添花，再创辉煌。

咏潜江

金永波（黑龙江）

波涌连天草木苍，百花发彩荡芬芳。
丽谯耸立园林市，靓轿奔驰鱼米乡。
毓秀钟灵人杰博，丝妍绸绮锦程长。
潜江碧水流千里，一带春风一路香。

沁园春 · 曹禺故里潜江行

吴地赐（广东）

幸福之城，油气之都，路网畅伸。望平原披秀，铁龙过境；引江济汉，京冀开津。翠树成阴，华茵绣毯，井架如林万象欣。轻移步、览园林锦绣，五彩缤纷。　　文豪故里乡亲，忆家宝、思源情感珍。看故居馆展，千番魂梦；巨篇日出，万道霞新。享誉东方，莎翁妙笔，千古风骚底蕴臻。章台伫，喜潜江追梦，跃上昆仑。

水调歌头 · 曹禺大师

张泽英（广东）

荆楚多灵秀，风韵在潜江。龙湾宫阙，物华天宝本源长。江汉目酣神醉，云梦大泽浩渺，波涌稻花香。龙虾味醇美，户牖芰荷芳。

园林青，蚌湖月，鳝苇塘。浮云游子，辣手拈笔鼎独扛。雷雨日出原野，堪比莎翁天籁，摄魄九回章。鹄鹤摩天宇，不改故园腔。

水调歌头·潜江行

王文中（内蒙古）

千古铧华地，坦荡大平原。龙湾宫阙，紫贝铺道记风烟。谁在桑畴劳作，犹有声声歌咏，一唱几千年。楚韵荆风在，香火自绵延。

观故迹，寻胜景，赏清鲜。倚楼瞻眺，江浦湖泽碧罗天。大道纵横青野，城邑隆崇深樾，稻浪起澄澜。画境看丰缛，弘业写新篇。

读曹禺

翟国太（湖北）

文史铭雷雨，金石誉日出。
一生耕匠笔，百世耀星烛。

游潜江思曹禺

谢彩霞（湖北）

碧水繁花满眼生，一虾红透半边城。
晴阳轻拂阶前柳，几处莺弹赤子情。

采　莲

宋玉兰（山东）

潜江千亩荷田，每到荷花开，采莲季，游人如织，心旷神怡，欣然命笔。

荷叶望无边，撑舟去采莲。
乖孙嬉水闹，萌女弄花鲜。
幽想尝蓬子，佳游动橹旋。
忽闻锣鼓响，远处鸟离船。

潜江返湾湖湿地国际马拉松赛即事

李辉耀（湖北）

返湾湖跑路西东，农妇村翁笑语逢。
自古只知牛整地，今朝争说马拉松。

怀曹禺先生

张信旨（安徽）

长河落日五千冬，文学昆冈几座峰。
灿灿星垂霄汉殿，寥寥鹤立泰山松。
剧场熏得鹏开翼，笔力促成鱼化龙。
可继红楼堪大任，除非雷雨亦还侬。

潜江章华台遗址怀古

王力（河南）

遗址依稀见楚台，断垣四顾亦雄哉。
风流已尽当时事，文物空余旧日材。
野水自随春草绿，暮云还傍夕阳哀。
章华寂寂千年后，唯有观光游客来。

婆罗门引·夏游田关河

陈海蓉（江苏）

闲分翠木，行行阶外渚风凉。水亭来去荷香。楚乐鸣蝉小和，鸥鹭沐晴光。见红军堤上，墨客吟觞。　篙人臂扬。叩河韵、笛章章。忆取贺公喊号，堆土堪忙。当时大梦，到而今、神龙傲东方。天地阔、醉美渔乡。

金缕曲·潜江曹禺公园怀曹禺先生

王崇庆（湖北）

灿烂焉能数！问梅花、红谁故里，为谁香吐？明媚阳光春旖旎，风绿晴湖烟树。波滟滟、摇霞飞鹭。纪念馆中书压架，喜大师文物繁星布。园满矣，美诗赋。　曹翁德艺空千古。读华章、情真意挚，暖心铭腑。归去来兮桑梓盼，何日龙虾共煮？亲指点，家乡花鼓。更赴兴隆观闸坝，看引江济汉苍龙驭。挥笔写，小康路。

满庭芳·纪念曹禺诞辰110周年

於锦平（浙江）

云梦烟波，荆州沃土，千古辈出豪英。有谁争起？江汉石油城。遥想当年烈士，捐生命，岁月峥嵘。但赢得，春花秋月，山水已升平。　清明。看此地，一方水土，万种风情。便有他、莎翁一样声名。百十年来过了，犹未辍，笔墨躬耕。思正是，人生似剧，戏剧即人生。

参观曹禺公园

刘孝云（湖北）

兴游分水地，不见细腰台。
故里寻芳去，前尘别梦来。
游园瞻圣手，入馆捧秋斋。
欲拭曹公泪，先将镜眼揩。

曹禺先生诞辰110周年感赋

刘立国（辽宁）

期颐百岁又十年，遥祝曹公寿岁添。
北斗南辰频献瑞，身前身后俱喧阗。

鹧鸪天·读曹禺先生“我是潜江人”手迹有感

谢先荣（湖北）

万树梅香话剧骄，一篇剑胆荡心潮，浑浑噩噩惊雷醒，郁郁葱葱好雨浇。　　红日出，绿杉摇。稻虾原野把春描。诗花粘满泥清气，我是潜江人自豪。

沁园春·返湾湿地公园

彭齐风（湖北）

湿地公园，万顷瑶波，数里香风。赏莲娇荷媚，满湖绚丽，菖青苇碧，洲岛葱茏。银鹭翻飞，苍鸥迅射，欲与金雕展羽翎。凝眸望，有渔舟分水，云彩行空。　　返湾风景迷瞳，沿湖畔、廊桥若彩虹。

更樟竹叠翠，情陶墨友，霞波共色，赤染蓑翁。蛙鼓轻鸣，莺歌婉唱，合奏一支天籁声。潜马场，种春花秋桂，姹紫嫣红。

观话剧《雷雨》缅怀戏剧大师曹禺先生

孙世权（湖北）

雷雨催思笔下狂，先生编剧露锋芒。
无须利剑惊青鬼。恰有真情动客肠。
剧里疾呼华夏醒，心中切盼子孙强。
长河逐梦千年远，地覆天翻共慷慨。

晓　梦

朱谱勤（湖北）

梦中我是北京人，高铁送我到潜城。
遥望稻浪现原野，漫步梅苑缅先生。
油焖大虾辣也甜，园林青酒香又醇。
梦醒推窗听雷雨，原是潜江好个春！

曹禺公园有寄

武京婧（山西）

多少梨园俎豆情，咿呀遥接楚天清。
马昌湖赤一轮染，北斗山高千里明。
为奋莎翁悲喜笔，来传曲圣短长声。
今宵酒醒人何处？磅礴更闻雷雨鸣。

纪念曹禺先生诞辰110周年

吴月英（山西）

笔耕艺苑志犹闻，唤醒苍生不负君。
演绎惊心缘一字，针砭入木每三分。
但留白雪郢歌在，何计红羊劫火焚。
水袖百年今借看，翩翩抖落九天云。

潜江曹禺纪念馆（新韵）

孙民随（陕西）

半身铜像寄流年，风采犹存显故园。
最是珍惜资料贵，更将维护典章全。
汉江环绕风水地，窑岭再闻兴旺天。
历史留痕功永在，与时俱进遍斑斓。

访曹禺祖居博物馆

刘启燕（四川）

马昌湖畔万家居，坐北朝南广结庐。
静处书堂修玉德，勤挥农具凿毛渠。
尘途甘苦犹身受，门地兴衰亦自如。
花鼓民歌皮影戏，幸随雷雨世间誉。

题曹禺祖居

范迎难（湖北）

轩前轩后树森森，梅影竹涛气自神。
一代宗师文脉地，万家灯火万家春。

戏剧大师曹禺先生

赵常乐（湖北）

志壮才高寄与书，横空下降赐鸿儒。
独寻雾锁听雷雨，偏向云开看日出。
放眼古今堪比少，知名江汉恰为无。
故乡得幸添光彩，不尽情怀溢五湖。

潜江巨变

谢守生（湖北）

江潮滚滚小康航，伟业昭昭百市强。
高坝云亲鱼浅底，动车杉护鸟鸣芳。
石油光缆居寰宇，紫月返湾媲画廊。
游览品虾瞻大戏，庆丰祝酒唱花腔。

记忆潜江

袁生芝（湖北）

别过经年念转眸，孩提故事烙情柔。
风筝扯线花间跑，河蚌淘泥岸上丢。

馂米茶香飘记忆，火烧粑卖唤乡愁。
东台戏演花墙会，西垛猫藏月画钩。
蒲扇流萤甜梦里，思今咀味趣悠悠。

曹　禺

董道佩（湖北）

幼小咿呀戏韵滋，南开表演露天资。
青春笔润名篇著，天命功成泰斗期。
电闪雷鸣鞭腐朽，云开日出蕴神奇。
身居北国思乡土，根系潜江恋祖祠。

潜江小龙虾

蒋继辉（江苏）

潜江天下妒，虾味占鳌头。
肥自千塘育，鲜从一网收。
香风迷上海，馋客下西楼。
挽袖掀红盖，人人口水流。

爱我潜江

张运湖（湖北）

祥云飞渡楚天开，风雅潜江入画来。
北立大师文苑馆，南镶古楚放鹰台。
民歌花鼓和声广，皮影草龙观者呆。
我若明朝归玉宇，游魂也化水乡埃。

曹禺塑像前感怀

黄发松（湖北）

聚焦双目看潜阳，希望之光促炽昌。
工业园区潮滚滚，农家院落暖洋洋。
琼楼腾地云天耸，花市摘星河海扬。
不负东风吹绿意，城乡一体着春装。

望海潮·潜江抒怀

王章信（湖北）

水杉云集，襄河借道，潜阳勃发生机。波漾画廊，林栖陌鸟，楼群掩映芳菲。雷雨洗三仪。楚帆破蛟浪，万类争辉。嘉谷烟鳞，喷香织锦爽心扉。　　鹏程沸血扬眉。看车流滚滚，钻塔巍巍。花鼓纵情，莲歌寄梦，宏图亢奋镰锤。街市漫虹霓。龙虾催玉盏，冶性敲诗。更有光纤领异，巧匠助长飞。

水杉市树吟

李学锐（湖北）

傲然挺立向蓝天，舞尽东风扫雾烟。
甘赐荫凉无索取，扎根沃土守清廉。

潜江曹禺公园

翟红本（河南）

变幻湖光帐幕开，风云过往动天垓。

鹭鸥无扰鱼嬉戏，雷雨终消日出来。
但坐馆中观世相，岂教心底染尘埃。
今听潮共乡情涌，势壮欣荣大舞台。

谒梅苑曹禺祖居

谢丹（广东）

山河雷雨蕴诗肠，百一年来唱未央。
德似清风馨北牖，文犹初旭耀东方。
如何芳草三春意，开作寒梅万树香。
归去吾携珠满袖，余波云梦自汤汤。

潜江龙虾

王世浩（深圳）

翻江倒海山川美，披甲神威立藕池。
舞爪张牙横几地，带钳拔夹逞多时。
一朝河岸呼声少，半晌油锅起角皮。
戾气平常频见用，大红之日未曾知。

一剪梅·值戏剧大师曹禺诞辰110周年作

焦佃革（江苏）

惊世犹闻雷雨声。摧伏衰枯，荡涤寰瀛。还看红日出东溟。光照乾坤，德化清明。　　业比中西诸大亨。角色鲜辉，言语诗情。梨园璀璨烁文星。永放精芒，长驻芳馨。

咏曹禺

文中华（湖北）

贯向层峦高处行，未来雷雨寂无声。
每躬剧事丰碑立，独演人生大戏成。
原野枝繁堪舍予，远天日出论阴晴。
世间万象归公笔，不忝东方莎士名。

水调歌头·赠曹禺先生

赵子璇（河北）

潇潇潜江边，遥遥碧云天。烟柳荷香，江波弥漫云梦间。倏念前人佳作，白浪江中顿生，乘志入云霄。千载风华留，水江自悠悠。

志仍盛，憾时疏，岂心安？归途何处，无人知我心中事。我为华章典韵，挥斥笔墨方遒，却道了浮生。挥手蓦然去，浩然满身风。

汉宫春·曹禺

张晓东（陕西）

当世莎翁，向梨园草舍，弄两三声。便教日出雷雨，原野风清。催开花信，惹紫燕、斜草流莺。洗玉宇、碧空澄澈，神州重启文明。

回首百年犹念，看梅园别馆，修竹兰亭。依然风流在册、慰我胸膺。长天不老，应赖此、巨擘良凭。且惜取、岁华香暖，明霞旖旎征程。

潜江游

何建中（安徽）

泱泱汉水起涛声，万里平川气势横。
八景名推云梦阔，三巴地伴楚风生。
眼随稻菽千重碧，心与河渠一片明。
兴至且由舟自去，荷香月色满归程。

初夏章华台即景

王星辰（湖北）

五月诗情动，千花各不同。
彩虹新雨后，明月古台中。
翠鸟鸣湖上，纤腰醉楚宫。
长情悠旷远，天地色音空。

忆秦娥·最美襄岳路潜江段

刘海新（湖北）

襄岳路，行经潜邑风光著。风光著，章华古韵，返湾晨雾。
汉江截断平湖出，逸情尽在盈盈处。盈盈处，渔帆点点，彩舟争渡。

章华台

张玉华（湖北）

傍水高台气势雄，雕梁画栋楚王宫。
唯凭目极寻芳草，恰借心尘赋好风。

莫羡春秋争霸梦，但教岁月著花红。
诗乡再现诗词美，不与当年故事同。

返湾湖行

黄祥玲（湖北）

湖边柳色青，笑把客人迎。
画苑舒凡眼，波涛起蜚声。
云开花着露，雨霁草含情。
最爱后湖水，愿君常碧清。

水乡园林

康承佳（重庆）

曹禺故里外，风来半岭西。
家园临水渡，渔户隔烟迷。
野岸风沙乱，秋村树石低。
无穷乡国意，日晚鹧鸪啼。

曹禺故乡返顾

张维（湖北）

馨逸潜江多紫烟，旗招茶馆佩蓝田。
长空玉笛传秋韵，胆剑篇章纪圣贤。
渚远钟灵腾瑞气，椽新奋藻擘华笺。
忘情歌咏绮筵满，醉小龙虾红半天。

细说潜江

刘国根（香港）

潜江雷雨顺，绿植水杉都。
湿地黄湾藕，平原野鸟雏。
园林青半夏，鲤跃借粮湖。
日出曹禺里，油城盛景趋。

曹禺公园感怀

冯雪飞（河北）

虹桥碧水草青青，秀色相环日出亭。
扑面芬芳原野涨，洗心文字故乡铭。
像前未语躬身久，剧里回思涕泪零。
雷雨新声通告慰，万家灯火已安宁。

畅游潜江感怀

丁运时（湖北）

莫道故园万里迢，潜江毓秀景多娇。
楚天江汉惊宏阔，云梦泽滨任曳摇。
鸟语啁啾观碧浪，涛声激荡起渔樵。
曹禺百载心犹忆，戏剧风情涌浪潮。

读《雷雨》感怀

李丰山（河南）

悲剧家庭帷幕张，孽缘畸恋迭登场。
灯窥婢室缠绵屡，云滞萱闱争吵狂。
有恨寒流埋弃妇，无情闪电殛痴郎。
众生谁是造愆者，犹大耶稣费审量！

纪念戏剧大师曹禺先生诞辰 110 周年

程良宝（陕西）

一从雷雨震苍穹，原野清新日出红。
岂止菊坛称泰斗，便登诗座亦骚翁。
无私不入荒唐境，有德常追进取风。
何事五湖人景仰，百年戏剧树碑隆。

曹禺颂

张树路（山东）

巨擘誉莎翁，旌扬话剧风。
潜江滋热血，剑胆挽雕弓。
天醉艳阳里，情融原野中。
更看雷雨后，日出灿霓虹。

游潜江

谢维境（江西）

江汉油城半夏乡，曹禺故里远名扬。
山清水秀民风好，蟹壮虾肥美食香。
遗址群中飘楚韵，金台寺顶放禅光。
兴隆踏坝游人醉，直叹天河落此方！

念奴娇·雷雨

袁厚凯（湖北）

我读当世，看春雷响彻，地惊天裂。华夏有莎翁巨匠，宇宙称奇文界。去腐剖污，狂风暴雨，鞭挞驱魔孽。沉浮澎湃，舞台金鼓凄切。

借问滚滚潮流，今来古往，辟地开宫阙。多少帛书明正道，秉笔呕心倾写。唯我潜江，曹公数一，高唱神州烨。壮哉中华，传承薪火不灭。

鹧鸪天·潜江好

张登军（宁夏）

江汉平原一朵花，亭台水榭映云霞。曹禺故里书香厚，原野长廊风景嘉。　游夜市，品龙虾。听歌看戏慢烹茶。宜居最是潜江好，祈愿长留享岁华。

访潜江曹禺故居

宋玉秋（辽宁）

地盘云梦旧烟云，人逐江涛四海闻。
雷雨声中家国恨，山河笔底古今文。
元知世态描难尽，合向剧情成已勤。
此日故园幽赏处，漫天花影共怀君。

曹禺故里潜江

蒙朝文（贵州）

楚韵荆风地，钟灵阜物华。
两圈争两带，龙域盛龙虾。
云梦裁一角，稻香飘万家。
潜江心住下，诗酒对烟霞。

戏剧大师曹禺

吴振强（云南）

传家耕读泛书香，三岁随亲进戏坊。
初试云飞降雷雨，继迎日出绽风光。
昭君著就升平曲，胆剑编成慷慨章。
话剧开山珠璀璨，莎翁再世誉东方。

访章华台遗址感吟

陈亚萍（湖北）

离宫别院倚重霄，闻说灵王爱细腰。
岁月有情留故址，风云无意惜香韶。
歌盈舞榭千般媚，酒透金杯一度嚣。
我辈登临生感慨，强邦当应戒奢骄。

鹧鸪天·访潜江曹禺故里

於治军（湖北）

四海名园集翠微，马昌湖畔沐春晖。波中塔影摇霞起，苑内梅花带梦飞。　　思俊彦，仰丰碑。犹闻雷雨荡天闱。剧坛泰斗归桑梓，百万潜江伟业辉。

纪念曹禺诞辰110周年（新韵）

田昌令（湖北）

现代剧坛谁可宗？万家宝笔比莎翁。
铅云划破现原野，雷雨呼来有暴风。
胆剑篇章豪气盛，北京人艺惠声隆。
追寻巨匠身前事，尽在潜江一馆中。

咏潜江

张笑影（湖北）

英雄气吞虎，龙化遂潜江。

油矿藏凹土，泊泽布水乡。
乘花听棒鼓，雕镂奏荆腔。
又见曹公雨，读之泪满裳。

怀念曹禺先生

卢旭逢（广东）

为有潜江灵水钟，文星出世耀莎翁。
寄怀原野歌香草，震耳惊雷响碧空。
浩瀚才华挥笔下，悲欢人事演台中。
吾生不负先生志，剑胆琴心气贯虹。

鹧鸪天·咏曹禺

陈发彬（辽宁）

萬字拆分得此名，楚云海树寄深情。心关国粹添新意，笔富时流振有声。　　观日出，听雷鸣。东方歌剧岂无成。今人读罢犹垂泪，远望潜江潮水平。

潜江曹禺大剧院

张琳（重庆）

风吟云梦泽，梦筑水乡旁。
梅苑传春信，舞台分夜光。
雷鸣开序幕，日出耀东方。
醒眼安排处，欣看戏剧场。

怀念曹禺

于凤军（内蒙古）

匆匆岁月又逢冬，万里苍穹万里空。
雷雨倾倾翻作浪，潜江滚滚化为虹。
日升荆楚千年暖，魂落都城几世功。
原野悠悠芳草碧，而今犹记与君同。

夜游曹禺公园

蔡永（湖北）

万家灯火共优哉，一树梅花向我开。
月漾马沧春水涨，香浮芦洑惠风来。
长亭游宴曾添岁，芳榭歌吟又夺杯。
嘉友相酬诗未竟，湖山有待舞徘徊。

诗吟戏剧大师曹禺

曹刚（山东）

一代人豪赞八方，柔情素意戏中藏。
投身开拓新文化，落笔批评旧宪纲。
诠释精华英法剧，描摹典籍古今章。
贤灵承载千秋誉，不忘潜江是故乡。

临江仙·咏潜江

杨海波（江苏）

邀醉寻游云梦泽，湖天水汽氤氲。楚风汉韵自留痕。泛舟犁绿浪，望鹭翥花墩。　　渔鼓唱浓乡土味，街头皮影传神。林环河绕美无伦。更书诗画卷，笔蘸一江春。

沁园春·放歌大美潜江

汪滢（安徽）

走进潜江，梦也轻柔，载酒小船。望章华古迹，常萦紫气；汉江水韵，远接青天。红色人文，黄湾莲藕，焌米茶香在眼前。微风拂，恰月圆花好，大美河山。　　高空白鹭盘旋，喜物我和谐最自然。正龙腾虎跃，把头昂起；鱼肥虾美，驻足休闲。引领潮流，连通世界，微电芯城不一般。挥椽笔，更描开画卷，再启雄篇！

访曹禺纪念馆

张鹏（河南）

举步公园入，迎身一馆开。
墨香遗旧稿，文字出奇才。
堪与莎翁比，看将雷雨裁。
至今思戏剧，谁复此雄哉？

曹 禺

程桂彬（北京）

椽笔惊雷雨，仁心有日出。
一生多少戏，何处是糊涂。

题曹禺文化旅游城

葛永红（河南）

大美水乡名片呈，潜江梦里且徐行。
沁香鸟语枝头挂，鉴影湖光眼底明。
生态点睛编戏剧，旅游兴业发雷声。
悠悠花鼓千年唱，响彻楚天文化城。

潜江小龙虾

刘莲芳（湖北）

粗螯肥尾走天涯，未到舌尖交口夸。
今日潜江财气旺，一汪活水数吨虾。

南乡子·曹禺

白景勇（广西）

雷雨起何方？虎气龙云聚楚江。日出江花红胜火，芳香，原野苍茫胆剑霜。　　自幼赏千腔，读破东西戏剧章。东亚梨园谁比翼？无双，文化维新泰斗光。

吟泰斗曹禺先生

王见贤（福建）

东方日出万花缤，原野和风拂绿茵。
胆剑篇荣云梦泽，散文集醉北京人。
一场雷雨浓诗意，五幕屈原歌楚臣。
梅苑芬芳今胜昔，艳阳天里潜江春。

读曹禺先生《我是潜江人》感赋

辛伟（湖北）

剧坛雷雨登峰极，一代宗师出地灵。
到老春蚕心不化，丝丝缭绕故乡情。

红军街

王珍（陕西）

绿苔街巷弹痕真，猎猎红旗色更新。
九十年前洒血处，丹心铸就我军魂。

水调歌头·神游潜江

张德熙（湖北）

久慕潜江美，今始见真颜。千寻来谒章寺，携梦忆先贤。是处秋花竞放，满目交通如织，车水马龙喧。品酒园林醉，虾稻结良缘。

金风拂，杨柳舞，紫云旋。谷黄棉白，鱼鸭戏水友情牵。油焖大虾味绝，曹禺鸿篇骇世，花鼓调回环。好个百强市，誉满九州天。

水调歌头·梦回潜江

李改香（河南）

三楚桥梁地，行处绿沾裳。河流湖泊无数，鱼米正飘香。闲品黄湾莲藕，豪饮园林青酒，沉醉又何妨。椽笔开生面，云梦泛文光。

添甲剧，春元史，静庵章。格高韵远，更有翰墨佐吟觞。赏罢沔阳皮影，又听荆州花鼓，声遏水云乡。遍阅人间胜，最美是潜江。

潜江市树——水杉礼赞

毛声芝（湖北）

故土杉林秀，水乡龙阵陈。

俨然威武士，堪比赤忱民。

壮志凌霄汉，高标感世人。

流芳联合国，矗艳万年春。

齐天乐·春过章华台遗址

畦珊（广西）

千年一觉阳台梦，平芜杳然歌舞。紫贝朱栏，细腰高髻，缭乱宫闱几许。笙歌彻曙。漫椒殿桃新，巫峰云聚。旧日繁华，风烟散尽竟谁主。　　龙湾陌上徙倚，水天遥接处，拥霞堆絮。柳外高楼，芦边曲槛，欢惬荆襄儿女。潮生肺腑。望斜日归鸦，远湖烟树。无限春光，目迷新画浦。

参观曹禺纪念馆

江林军（湖北）

惊撼园林列馆新，气冲大幕震平津。
东方话剧开基石，天上风云卷垢尘。
雷雨夜沉悲劣性，歌声日出盼纯真。
汉江百转秋原野，芦洑移来湖水春。

赞现代话剧大师曹禺

王商杰（浙江）

话剧因公方出奇，戏中经典舞台诗。
笔携雷雨醒原野，日出霾天抨旧时。
能使勾栏思索切，不教联璧合融迟。
艺坛妙手千钧力，巧借西风呈白姿。

潜江颂

曹平（黑龙江）

潜入芦洑汉水长，大泽云梦楚飞扬。
章华台上春秋阅，雷雨文中岁月量。
舞柳东城留晚照，观荷南浦画晨妆。
辛勤育就山河美，风雅千年更自强。

题章华台遗址文化旅游区

胡娟娟（湖北）

章华台畔章华寺，吹落春风辟讲筵。
楚子沉吟争问鼎，王孙寂寞但遗鞭。
同倾法雨渚宫角，偶逐行云巫峡前。
幽草乱花歌不得，美人何处舞腰旋。

读曹禺

王通路（河南）

时代出天才，鸿篇无泪哀。
撕心雷雨泄，已见揭竿来。

致敬曹禺

刘青山（河南）

爱入柔肠笔化刀，剖开脉络解囚牢。
人间雷雨动情处，梅苑曹公泪染袍。

缅怀戏剧家曹禺先生

刘长迎（宁夏）

不惧硝烟勇创新，关情戏剧付终身。
晴空云骤生雷雨，乱世风斜斗鬼神。
高筑舞台光彩射，畅游墨海物华陈。
斯人已去魂还在，艺界遗留一抹春。

过潜江有感

孙永利（四川）

潜江风物星云变，多少名流写不全。
八景依然留客驻，白衣天使谱新篇。

潜江吟

张阳（山西）

云梦泽丰荆地广，章华台上有宫商。
东方戏剧叹家宝，南国蛮腰笑楚王。
击鼓舞龙民俗在，引江济汉治功长。
华容古道非前日，横槊曹公再举觞。

鹧鸪天·曹禺

任家潮（安徽）

毓秀潜江多上贤，曹公名重靓梨园。雷鸣天下撼山岳，日出人间暖宇寰。　原野夜，艳阳天。玉妍光彩照千年。宗师百代流芳远，大幕长开百姓牵。

曹禺吟

陈湘洪（湖南）

原野奔雷夜雨倾，马昌湖畔听春声。
胆生孤傲心悬剑，笔拓荒芜戏演诚。
巨著等身千叠梦，虚怀若谷百般情。

万花丛里云横雁，汉水苍茫日出明。

江城子·醉潜江

杨顺华（贵州）

华城两岸桂花黄，晚风扬，酒挥香。琴满河山，蓑笠欲开腔。船载清歌催梦醒，云霞舞，醉潜江。　　兰舟十里共秋光，影渐长，发如霜。遥忆从前，尤见少年郎。一世浮沉情不易，天地老，又何妨。

潜江印象

袁杰（湖南）

每到潜江兴致真，醉山醉水醉才人。
身倾泰斗公园驻，味品虾龙市上巡。
梦泽仙乡花木艳，荆门福地画图新。
最欣古郡淳风在，乐业安居处处春。

读《雷雨》感赋

——写在曹禺先生诞辰110周年之际

韩立清（吉林）

写尽屈情看腐朽，先生开创里程碑。
婚姻枷锁囚千载，道德纲常毁一时。
黑夜难将虚像掩，孽缘终把丽人摧。
轰然雷雨乾坤震，噩梦惊魂醒世之。

曹禺颂

庚山（湖南）

血性华章血写成，大师美德不邀名。
振聋发聩惊雷雨，日出天明见性情。
老骥嘶风千里壮，星光夺目百花荣。
潜江建馆珍瑰宝，戏剧音容炳后生。

怀曹禺

杨玉鉴（广东）

潜江跃起一蛟龙，雷雨声中越万重。
原野渺茫思日出，垂名剧界竖高峰。

临江仙 · 江汉明珠

陈元亮（湖北）

江河湖泊星棋布，荷花娇滴连渠。水杉醉客欲迷途。拱桥塔影景，隔水棹歌娱。　　稻米龙虾多远售，沧波千顷肥鱼。登楼极目水乡舒。古时梦泽角，今日楚天珠。

卜算子 · 纪念曹禺先生诞辰 110 周年

康锦花（内蒙古）

翰墨带新风，椽笔鸣旗鼓。何忍人间污浊存，一夜兴雷雨。
立世丈夫心，遗世齐身著。不愧文坛泰斗名，不愧莎翁誉。

探访曹禺故居有感（新韵）

李伟（天津）

千载潜江文脉通，津门记忆有曹翁。
剧团演艺施才气，时报辞章展雅风。
谱写人间三部曲，传观天下百般情。
故居访罢心潮荡，耳鼓常闻雷雨声。

咏戏剧大师曹禺

王维民（山东）

气蒸云梦泽渊薮，蛟伏潜江起海津。
雷雨振聋撕暗夜，夺睛日出瞩开晨。
北京人警尊严士，胆剑篇昭义勇牲。
誉并莎翁谁可比，幕帷不谢翥龙麟。

吟曹禺之潜江情

张晓霞（湖北）

身在异乡行，家园魂梦萦。
言端传厚意，笔下寄深情。
客过倾心待，人来至性迎。
丹衷恒耿耿，谁不记佳名。

满庭芳·纪念曹禺诞辰110周年

胡焕芳（江西）

云梦烟波，荆州沃土，古今辈出精英。有谁争起？江汉石油城。遥想当年烈士，捐生命，岁月峥嵘。但赢得，春花秋月，山水已升平。

清明看此地，一方水土，万种风情。便有他、莎翁一样声名。百十年来过了，犹未辍，笔墨躬耕。正思是，人生似剧，戏剧即人生。

沁园春·潜江印象

蒋健康（湖北）

目极平畴，初遇秋风，意写潜江。自舟倾荷语，千湖溢彩；风生稻浪，四野流香。十里油城，云凌钻塔，俯瞰杉林意气扬。试开盏，恰三鲜清味，虾满膏黄。　东荆水润诗乡，共云梦泽深逐韵长。忆章华歌舞，千年柳色；曹居雷雨，百世文章。梅苑轻穿，古街回首，芦湫巍巍挂夕阳。休去也，正悠悠花鼓，曲欲开张。

清平乐·潜江马拉松

蒋健康（湖北）

虾乡如愿，鹭起平湖畔。一抹新晴催驻看，十里人声溢漫。

栈桥破水飞虹，遥遥涌动长龙。前路花田似海，少年独领春风。

曹禺公园

肖诗斌（湖北）

草醒风吹绿，梅开春点红。

游舟碧湖里，话剧彩亭中。
原野闻莺燕，广场娱媪翁。
高登芦洑塔，日出耀苍穹。

潜江舞龙吟

李道海（湖北）

盘云斗雨啸东风，鼓点如雷气贯虹。
铁爪金鳞腾地跃，灵头慧目探身躬。
捉鳌入海潜渊底，揽月飞天搏昊空。
踏浪人潮欢盛世，神龙筑梦九州雄。

鹧鸪天·参观曹禺故居有感

胡博爱（湖北）

教育儿孙祖训扬，潜江人要爱潜江。一封家信存千古，留下情怀含义长。　　观雷雨，韵声强。满腔热血剧中藏。人间已是蓬莱景，邀请仙翁访故乡。

潜江日出

刘海阳（湖南）

晓唱渔舟荡炳麟，水乡天暮自然陈。
音流画外铿锵语，我是潜江中国人。

行香子·咏潜江

刘革新（广州）

生态绿城，文旅红城。爱潜江、霞蔚云蒸。四区联动，笑点龙睛。用千条策，八方力，十分情。　曹禺故里，毓秀钟灵。看文光、射上青冥。广华杉郁，南浦莲馨。醉二园韵，二河趣，二湖萌。

过潜江忆曹禺先生

宋贞汉（安徽）

紫燕声中榴灼空，万家宝地正和风。
三更不寐观星斗，雷雨回音日出东。

鹧鸪天·大美潜江

李海霞（山西）

大美潜江绿色城，天蓝云白水波清。蒹葭采采鱼虾满，菱藕鲜鲜鸥鹭鸣。　皮影戏，纸花灯，非遗文化久传承。曹禺故里声名远，楚韵悠悠载梦行。

咏曹禺

董汝河（河北）

潜江原野汉江潮，才气文光共此娇。
雷雨初晴红日出，霜天重朗彩云飘。
卧薪胆剑惊喧噪，睦远琵琶破寂寥。
一任沧桑千古变，斯山依旧耸青霄。

马昌湖观荷

——潜江市马昌湖新景观

刘宏道（湖北）

参差绿树影婆娑，一缕清香沁碧荷。
修塔玲珑真妙笔，携同云彩写欢歌！

过潜江题咏

哈余庆（安徽）

昔有章华耀楚天，而今又占百强先。
潜江骄子兴雷雨，仍领风骚鸣鼓弦。

潜江诗群

曾令山（湖北）

先贤时彦众如林，文脉千秋古至今。
一样情牵三代愿，万行诗表兆民心。
唐风宋韵描虾醉，老凤雏鹰交口吟。
绿色城留红色迹，生花梦笔递佳音。

鹧鸪天·赞潜江

王亚芳（吉林）

占得天时好奏韶，更凭地利树奇标。绿梧广植招金凤，活水宏开起玉蛟。　　臻胜境，领风骚，高歌东进帜飘飘。春光不负追新梦，奋翥潜江舞九霄。

沁园春·秋游章华台

王广华（江苏）

江汉平原，宫阙重开，旌旆共飘。欲观畋楚泽，歌声袅袅；问渔荆水，诗意滔滔。熊口乘舟，龙湾登岸，更上层台百尺高。三休罢，悦风中飒爽，雨后妖娆。　观今百媚千娇，应胜却灵王众细腰。念神鹰远放，已归云梦；仙人永驻，再领风骚。树蕙滋兰，叩钟调磬，世代风华浮玉雕。当歌舞，伴彩云月夕，丽日花朝。

爱我潜江

姜云超（吉林）

家园放眼画图新，山色湖光处处春。
大厦摩云扩天际，明珠耀彩簇江滨。
工强商旺兴千业，物阜风情福万民。
走北闯南腰杆挺，自豪我是潜江人。

龙虾赞

胡逢发（湖北）

生在水乡映彩霞，稻田河湖是伊家。
四月春风催生卵，五月艳阳沐体华。
味美常招骚客咏，香浓曾得帝王夸。
如云商贾连中外，四海同声赞誉佳。

锦绣潜江

陈榜武（湖北）

东岳峰巅望天下，明珠一颗耀神州。
彤云紫雾浑身宝，闹市偏乡遍地楼。
网住龙虾荣万代，放开石油富千秋。
欢欣摘掉贫穷帽，满缀珍珠笑美欧。

潜江人
——赋在第四届曹禺文化周

徐宗诚（湖北）

欲慰忠魂梦未休，置身圈带契机谋。
艳阳出彩龙虾俏，雷雨升华花鼓优。
书顺感催怀祖籍，景随情切释乡愁。
若迟乘鹤十余载，笑点梅园剧圣头。

浣溪沙·潜江好

杨小骝（四川）

云梦泽边诗意浓，返湾湖映碧荷红。章华台上丽人容。　　文抒江山辉日月，名垂天地贯西东。笑迎旭霁驾长风。

读曹禺书作感怀

关泽琳（广东）

巍然贯世者谁子，劫后飘萧云梦人。

雷雨惊天千岁久，江湖极目一时新。
由来浩气鲸吞海，最是贤才笔有神。
想象他年荆楚地，德馨堂里出龙麟。

鹧鸪天·重读曹禺先生《我是潜江人》兴怀

王宏模（湖北）

书信虽过二十春，读来仍觉语清新。行行总把江乡念，句句喧阗祖籍恩。　　情急切，意尤敦，亦惆生恙未躬亲。马昌湖畔飘然像，让你回家遥梦真。

咏潜江

林芹（上海）

油城风景正妖娆，鱼米之乡分外娇。
休道河湖难起浪，且听拍岸汉江潮。

曹禺祖居读曹禺

姜彬（湖北）

万顷梅林掩院深，马昌湖水涤尘襟。
惯从雷雨思天地，每对衣冠察古今。
像立千秋堪敬仰，书香四壁助轻吟。
剧坛名宿飞神笔，写尽世间升与沉。

参观江钻股份

黄安勤（湖北）

偷得清闲雅兴长，遍观钳焊并车床。
高科在手抓生产，诚信如山占市场。
海外排名称第四，国中享誉羡无双。
乐于奉献骨头硬，揭秘自然寻宝藏。

沁园春·大美潜江

花爱艳（江苏）

江汉油城，曹禺故里，生态水乡。任碧波流韵，蓝天倒景；平原蕴玉，珠佩摇光。前镇园林，后村塘藕，十里青笺霞际飏。籁声下，每清风绕指，瓜果飘香。　　怡然画外由缰。悠游处、随心去导航。赏俏娇花鼓，农民表演；可人皮影，古朴轻妆。文化纷繁，文明瑰丽，步步成诗拟盛唐。最爱是，那名优特产，小吃家常。

斯是潜江

李国恒（湖北）

汉水流江意有潜，夏商周后岁时艰。
改朝更替繁难叙，换代迁移概不全。
省市直连牵一线，东西互动带双圈。
国家标杆多荣誉，别号城乡两并肩。

春夏之交游返湾湖湿地公园

陈佐松（湖北）

碧澄湖面柳依依，带露团荷摇夕晖。
借取轻舟登绿岛，惊飞翠羽入青帏。
回廊漫接题襟阁，曲径通幽垂钓矶。
蒋氏魂牵桑梓地，化为候鸟趁时归。

怀念曹禺先生

苏俊（广东）

东方亦自有莎翁，恰似双星烛夜空。
坐听沉沉雷雨过，千山争吐一丸红。

话剧雷雨

卢象贤（江西）

两个家庭八个人，更无谁是自由身。
天教雷雨撕真相，地把情仇揭厚尘。
话剧高楼奠基起，潜江才子立碑新。
百年过后从头觌，史有规章笔有神。

题潜江曹禺铜像

曹克定（湖北）

无限风光雷雨后，故乡依旧抱胸间。
潜江人伴一轮月，常在思乡梦里圆。

图书在版编目（CIP）数据

经典曹禺　诗韵潜江 / 潜江市文学艺术界联合会编
. -- 武汉 ：长江文艺出版社，2023.2
ISBN 978-7-5702-2566-8

Ⅰ. ①经…　Ⅱ. ①潜…　Ⅲ. ①诗集－中国－当代
Ⅳ. ①I227

中国版本图书馆 CIP 数据核字（2022）第 036904 号

经典曹禺　诗韵潜江
JIANGDIAN CAOYU　SHIYUN QIANJIANG

责任编辑：胡　璇　　　责任校对：毛季慧
封面设计：源画设计　　　责任印制：邱　莉　王光兴

出版：长江出版传媒　长江文艺出版社
地址：武汉市雄楚大街 268 号　　邮编：430070
发行：长江文艺出版社
http://www.cjlap.com
印刷：湖北新华印务有限公司

开本：640 毫米×970 毫米　1/16　印张：17.75　插页：14 页
版次：2023 年 2 月第 1 版　　2023 年 2 月第 1 次印刷
行数：7510 行

定价：58.00 元
